断罪された悪役令嬢は、逆行して完璧な悪女を目指す

楢山幕府

TOブックス

目次

第四章

断罪された悪役令嬢は、真の悪役令嬢と巡り会う

プロローグ　8
悪役令嬢は侍女と日課を欠かさない　11
悪役令嬢は糾弾される　18
悪役令嬢は誘われる　31
悪役令嬢は王太子殿下と話し合う　37
悪役令嬢はお茶会に出席する　48
有力家族の令嬢は思案する　66
悪役令嬢は王太子殿下と問題に立ち向かう　72
暗殺者は軽やかにステップを踏む　92
悪役令嬢は辺境伯領を訪問する　106
男爵令息は張り切る　112
悪役令嬢は仮面舞踏会に出席する　122
年上の婚約者候補は未来を憂う　148
悪役令嬢は新たな濡れ衣を着せられる　171

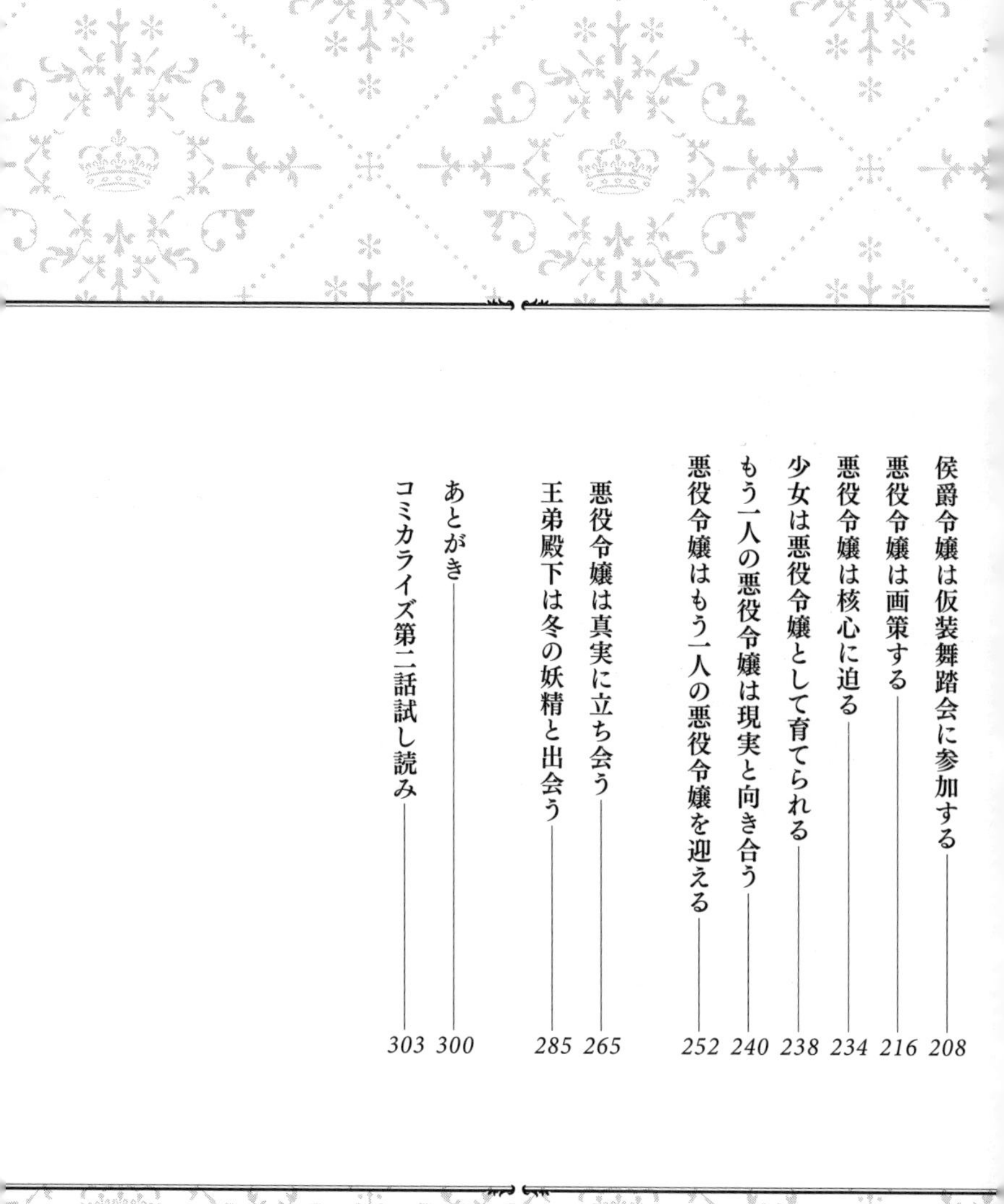
侯爵令嬢は仮装舞踏会に参加する　208
悪役令嬢は画策する　216
悪役令嬢は核心に迫る　234
少女は悪役令嬢として育てられる　238
もう一人の悪役令嬢は現実と向き合う　240
悪役令嬢はもう一人の悪役令嬢を迎える　252
悪役令嬢は真実に立ち会う　265
王弟殿下は冬の妖精と出会う　285
あとがき　300
コミカライズ第二話試し読み　303

このお話の登場人物

ハーランド王国

……… ※逆行前の関係　—— ※現時間軸の関係

バーリ王国

レステーア

ラウルの側近だが、
クラウディアに命を救われ、
ハーランド王国の諜報員となる。

主従

ラウル

隣国、バーリ王国の王弟。
前時間軸ではクラウディアの客だった。
現在はハーランド王国に留学中。

アラカネル連合王国

スラフィム

連合王国の第一王子。
シルヴェスターとは友人関係。
クラウディアに協力を申し出る。

婚約者候補

ルイーゼ

シルヴェスターの婚約者
候補の一人。
王族派の侯爵令嬢。

好意？

トリスタン

シルヴェスターの気のおけない友人で、
将来の側近候補。

友人（側近候補）

ルキ

スラフィムの生き別れた双子の弟。
犯罪ギルド「ドラグーン」のメンバー。
ローズの手足となって動く。

シャーロット

シルヴェスターの婚約者
候補の一人。内気で
胸の大きさを気にしている。

ブライアン

化粧品を取り扱うエバンズ商会の嫡男。
貴族派の男爵令息。
クラウディアを女神と崇めている。

イラスト　えびすし

デザイン　Veia

第四章

断罪された悪役令嬢は、真の悪役令嬢と巡り会う

プロローグ

夏の日差しが和らいだ空には、淡い水色が広がっていた。
窓から見える景色は平穏そのもので、屋敷内の慌ただしさなど気にもかけていない。
――この世は残酷だ。
だからこそ美しさが映えるのだと口が裂けても言えないほどに。
そんなことはないと否定する人は、事実から目を背けているに過ぎない。
自分には関係ないから、見て見ぬふりをしているだけだ。
「お嬢様、出発の準備が整いました」
「わかったわ。最後に、お母様にだけ挨拶していくわね」
母親の部屋は、いつも少しだけドアが開けられていた。
夜になると隙間から部屋の明かりが漏れたものだ。
いつでも娘が入って来られるようにという母親なりの配慮だった。
（お母様にとって、わたくしの年齢は三歳で止まったままなのよね）
心配性で過保護な人だった。
今では閉じられたドアから、一目散にベッドへ向かう。

もうそこには誰もいないのに。

整えられ、シワ一つないシーツを見下ろす。

「お母様、行ってまいります。お墓を訪ねるべきなのでしょうけれど、ここが一番お母様との思い出が残っている場所だから……」

母親は病弱で、一日のほとんどをベッドで過ごした。

だから真新しい墓よりも馴染みのあるベッドのほうが、自分の言葉を届けられる気がしたのだ。

「お母様が生きておられたら、きっと反対されたでしょうね。けれどこれはわたくしの意思でもあるの。だから心配しないでお眠りください」

母親にとって我が子が世界の中心だった。

婚姻についても婿（むこ）を取ることしか頭になかったはずだ。

けれど父親の考えは違った。

自分も。

それでも母親が生きていれば、父親は彼女の意思を尊重しただろう。

父親にとっては、母親が世界の中心だった。

最後に枕を撫でて部屋を立ち去る。

（二度とこの部屋へ入ることはないでしょうね）

パタンと閉じられたドアが、その答えのようだった。

見上げた空の水色に、似た色の瞳が脳裏を過る。
揺るぎない強さを宿した瞳は、残酷な世界で美しいと感じられるものの一つだった。
いつだって思いだすのは優しい微笑み。
柔和に弧を描く碧眼が、閉ざされた世界に光を与えてくれる。
この世は、弱肉強食だと教えてくれた人。
それが残酷さの答えだった。
強くなければ生き残れない世界なのだ。
「大丈夫よ、わたくしは強いもの」
口に出して自分を鼓舞する。
たとえ相手がどれだけ強大でもやり遂げられると。
真実を知ってから、より研鑽を積んだ。
もう言われたことだけに従う昔の自分とは違う。
顔を上げて、前を向いていられる。
「あなたの思い通りにはさせないわ」
決意を胸に、馬車へ乗り込むときも屋敷を振り返ることはなかった。

悪役令嬢は侍女と日課を欠かさない

夜、雷鳴が轟く。

闇に紛れていた屋敷の全体像が一瞬の光によって露わになり、部屋の一室で奇妙な動きをする二人分の影を浮き彫りにした。床に背を預け、下半身を大きく捻っている。

「ふっふっ、今日はよく雷が落ちるわね」

「はい、ふっふっ、動じないクラウディア様は流石(さすが)です」

「一日こんな調子だもの、慣れてしまったわ。それに体を動かしていると細かいことは気にならないのよね」

美しい体型を保つため、今夜もクラウディアとヘレンは鍛錬(たんれん)を欠かさない。

学ぶことが好きなヘレンの学習スピードは速く、定番メニューに至っては既にクラウディアの手ほどきを必要としなかった。

だが今回は初の試みもあるため、クラウディアはヘレンの動きを注視する。

「あまり無理をして足をつらないようにね。水分補給も忘れないで」

「はい！　まさか娼婦の方々が協力してくださるとは思いませんでした」

「職業柄、体型維持に敏感みたいね」

そもそもクラウディアが体を鍛えているのも娼館での経験からだ。

しかしヘレンがそれを知る由もなく。

クラウディアとしては自分が発案者だと思われるのが心苦しかった。

なので娼館の視察を機に、それとなく彼女たちに話を振ってみたのだ。

娼婦――それも娼館フラワーベッドの最古参であるミラージュの食いつきは凄まじく、クラウディアと娼婦たちの間で鍛錬方法を共有し、効果があるか試すことになった。

被験者が多いほどデータは得やすい。けれどまずは体を動かすことに慣れている者のほうがケガも少ないだろうと人が選ばれ、クラウディアとヘレンもそれに加わった。

「足首と手首を同時に動かすのは、先にしたほうが良さそうね」

「そうですね、先に関節を緩めたほうが、あとの鍛錬もしやすそうです」

体への負荷を感じながら、鍛錬方法の順番も考える。

鍛えてばかりいると筋肉が硬くなり、緩やかな曲線美まで消えてしまうため注意が必要だった。

「十分体が温まったし、今日はこのくらいにしておきましょうか」

「はい、紅茶を淹れますね」

一呼吸置いて、ヘレンが床から立ち上がる。

しかし次の瞬間には、体を大きく傾けていた。

「ヘレン!?」

「あわわ、だ、大丈夫です。思っていた以上に足が疲れていたみたいで」

座り込むヘレンの手を取り、ベッドへ座らせる。

早くも筋肉痛がきているようだった。

「ご心配をおかけしてすみません。痛みは軽度ですから、もう立てます」

「本当？　何度も言うけれど無理は禁物よ」

「はい、あぁ疲れてるなーっていう程度です。これは効果が期待できそうです」

効果を実感し、晴れやかな表情を見せるヘレンに一安心する。

かくいうクラウディアも筋肉の張りを感じていた。

「今日はもう使用人寮へ戻ったらどう？」

「そんなっ、夜のしめにクラウディア様とお茶するのが生き甲斐なのに……！」

「そ、そこまで言うなら、お願いするわ」

気を使ったつもりが眉尻を落とされて前言を撤回する。

茶葉の香りが漂ってくると、運動後の緊張が和らいだ気がした。

何とはなしに目に付いた封筒を手に取る。

「パルテ王国主催の仮装舞踏会は、大規模なものになりそうね」

パルテ王国は、ハーランド王国の南西に位置する小さな国だ。

ハーランド王国とバーリ王国を隔てる山脈の最西端にあり、国境は山脈から続く河川で定められている。

今までも舞踏会を主催することはあったが政治的な色が強く、招待客も外交関係者が多かった。

何か趣向を変えるきっかけがあったのか、今回は仮装舞踏会という遊び心に加え、ハーランド王国中の貴族にも招待状が送られている。

「仮装舞踏会だなんてはじめて聞きました」

元伯爵令嬢だったヘレンには一般的な舞踏会の経験がある。

仮面舞踏会なら耳にしたことはありますけど、と仮装舞踏会については想像が追いつかないようだ。

クラウディアは逆行前の娼婦時代に参加したことがあった。

「仮面をつけるか、仮装するかの違いね。仮装のほうが全身をコーディネートするから大がかりな感じかしら」

中には動物のかぶりものをする人もいるくらいだ。

そういった人は顔で本人確認をするのが難しくなるため、仮装舞踏会において参加者は主催者にどんな仮装をするか事前に申告しておく必要があった。

「なるほど、だから他の舞踏会に比べて当日までの期間が長いんですね。肝心の主催者もまだ到着していませんし」

招待状の送り主はパルテ王国のニアミリア・ベンディン。

有力家族の令嬢で歳はクラウディアの二つ上と近いが、面識はない。

パルテ王国からの使節団に令嬢が加わっているのは珍しいことだった。

使節団は現在移動中で、王都入りにはまだ数日を要しそうだ。

「というか、のんびりしていられないのでは!?」

「軽装なら準備に時間はかからないわよ」

「何をおっしゃいます、クラウディア様の仮装ですよ！　明日にでも侍女長にお声がけして全体会議をおこなわないとっ」

「いえ、あの、大がかりなものをするつもりはなくてよ？」

「だとしても中途半端なもので済ませられませんから！　あぁ、でも香水の手配は少し難しいかもしれません」

「マリリンのお店が通常営業に戻るのはまだ厳しいかしら」

娼婦時代は自分で調香をおこなっていたクラウディアだが、公爵令嬢である今は専門家にオーダーしていた。

マリリンは社交界でも有名な調香師で、顧客の希望を的確に叶える手腕から絶大な人気を誇っている。

そんな彼女の店に春先、物取りが入った。店内は荒らされ、金目のものは根こそぎ盗まれたという。事件から数ヶ月経つが犯人は未だに捕まっていない。

「幸い、調香用の素材は無事だったらしいですけど、店内の修繕に時間がかかっているようです」

調香ができても、気が休まらなければ万全とは言い難い。

技術には繊細さが求められるだけに、今彼女に依頼を出すのは気が引けた。

「最近は物騒な話題が多いわね」

「娼館帰りに貴族が襲われた件もありますからね」

強盗殺人とされているこの事件も未解決のままだ。

「犯罪ギルドによる犯行という噂も流れていますけど、暗殺の依頼でもない限り彼らは動きませんよね？」

「ええ、不用意に貴族と揉め事を起こすのを避ける人たちだもの」

貴族から断罪され、犯罪ギルドが一掃されるようなことになれば困るのは自分たちだ。

そもそも彼らは住む世界が違った。

貴族が彼らの縄張りに足を踏み入れたならカモにされる可能性はあるが、普通に生活していれば貴族と犯罪ギルドの接点はない。

娼館も国が管理するようになってからは、彼らの縄張りでなくなった。

また王都を縄張りとしている犯罪ギルドは、クラウディアことローズが率いる「ローズガーデン」だ。

もしこの件にローズガーデンが関わっているなら、真っ先に情報が入る。

実際の運用は元トップであるベゼルがおこなっているが、彼は自分たちのあり方が変わったことを理解し、ローズへの報告を怠らなかった。

「ローズガーデンの構成員ではなく、他勢力の構成員による犯行という可能性は拭えないけれど」

この場合は、少々話が複雑になってくる。

「他勢力の構成員が動いていた場合、完全な宣戦布告ですよね？」

「抗争待ったなしだわ」

たとえ暗殺依頼があっても、それが他者の縄張りの場合は受けない。

縄張りを荒らすことは流儀に反し、抗争を仕掛けるのと同義だった。

「だからあまり犯罪ギルドの線は追われていないわね」

現場で捜査する警ら隊が、一番こういった事情に精通している。

濡れ衣を着せられては困るとローズガーデンからも一定の情報が警ら隊へ渡っていた。

それでも噂が流れるのは、犯罪は全て犯罪ギルドによっておこなわれていると考える人たちがいるからだ。

「盗まれたものが売りに出された形跡もないのよね」

被害者はお金の他にも、指輪などの宝飾品も奪われていた。

換金できる場所は限られるため、そこから情報が上がってきそうだがそれもない。

これはマリリンの店の事件にも言えることだった。

「遺族のためにも、早く進展があることを祈るわ」

昨年の夏、アラカネル連合王国を訪問してから丸一年が過ぎた。

商館の運営も順調で、事務作業にも慣れてきたところだ。

けれど暗い話題が続き不安が鎌首をもたげる。

(この天気のせいかもしれないわね)

窓から見えるのは暗闇ばかりだが、ザーザーと雨音だけはしっかりと耳に届く。

季節の変わり目に降る雨は、まだ止みそうになかった。

悪役令嬢は糾弾される

パルテ王国の使節団が王都入りしたのに合わせて、王城では昼に歓迎パーティーが開かれることとなった。

ラウルやスラフィムといった王族を迎えるものよりは小規模だが、今回は有力家族の令嬢が同行しているため、クラウディアをはじめとする貴族令嬢の参加も多い。

おかげで使節団の入場前にもかかわらず、あちらこちらで話の花が咲いていた。

いつもの面々に囲まれたクラウディアも例に洩れず。

ルイーゼが扇を軽く顎に当てながら小首を傾げると、長い金髪が肩からさらりと流れ落ちる。

「ご令嬢がお一人だけ使節団に同行するなんて珍しいですわね？」

「わたくしの知っている限りでは、はじめてのことだわ」

「オレの国でも使節団への同行者はなかったな」

「ハーランド王国にしろ、バーリ王国にしろ、使節団の目的は明確ですからね」

ラウルのあとにレステーアが続く。

みんなあえて口には出さないが、使節団の目的は傭兵の売り込みと防衛費の要求に尽きた。

「以前、訓練を視察させてもらったが、随行した騎士が引くレベルだったぞ」

「あれを職業軍人ではなく、国民全員がおこなっているんですから驚きです。武功が大陸中に広がるのも納得できますよ」

ラウルとレステーアはパルテ王国を訪問したことがあるという。

「オレは絶対、あの訓練には参加したくない」

「視察向けにいつにも増して厳しかった可能性は否めませんけど、パルテ王国の人々を見れば鍛えているのは一目瞭然ですからね」

現に今までの使節団員もみな筋肉隆々で、そのまま戦場に現れても違和感がなかった。

パルテ王国の最大の売りは「戦力」だ。

老若男女問わず国民全員が戦士という特異な理念の下、戦場における士気の高さは他国の追随を許さない。

戦場では誰もがパルテ王国の戦士と相対するのを忌避する。

パルテ王国は自国の強みを理解し、他国へ傭兵を派遣していた。

またパルテ王国から南西部には中小の国々が乱立しており紛争が絶えなかった。

ハーランド王国にとっては、パルテ王国が紛争の飛び火を防ぐ壁になっている形だ。

傭兵は必要なくとも、壁として機能しているのだから防衛費の一部を負担してもらうのは道理だろう、と交渉するのが使節団の目的である。

そこへ令嬢が加わる必要性はないのだ。

クラウディアがルイーゼとお揃いの扇を揺らす。

空気が拡散され、ふわりとバラの香りが漂う。いつも身に着けている香水は、マリリンの店で調香してもらっているクラウディアのお気に入りだ。

「何か新しい提案があるのでしょうね」

「みなさん、その話題で持ちきりですの〜！」

シャーロットがぴょこんとピンク色の頭を弾ませて答える。

どうやら周辺の話し声に耳を澄ませていたらしい。

ルイーゼも気になっているらしく、クラウディア同様に扇を揺らした。

「ベンディン家といえば、パルテ王国の有力家族の中でも上位に位置します。パルテ王族とも親しい間柄なのを考えれば、想像は膨らむばかりでしょうね」

「貴族階級でいえば、公爵に近い家柄だと聞きましたの〜」

パルテ王国は近隣諸国でも珍しい、民主制国家だ。

政治の決議は国王と、国民から選ばれた議会員たちによる議会でおこなわれ、国王一人に決定権があるわけではない。

シャーロットの言葉にラウルが頷く。

「貴族制度がないと言っても議会員のほとんどは有力家族の者たちだ。歴史ある有力家族ほどその実態は貴族と大差ないからな」

「ラウル様は、ニアミリア様とご面識はないんですの〜？」

クラウディアといれば必然的にラウルと過ごす時間も長くなるおかげか、一年前は萎縮していたシャーロットも今では普通に会話できた。

(分け隔てないラウル様のお人柄も大きいのでしょうね)

シルヴェスターを前にすると緊張して動けなくなっても、ラウルになら話しかけられるという者は案外多い。下級貴族ほどそれが顕著だった。

「視察のときは別の令嬢に案内を受けたから、ニアミリア嬢とはないな」

「ちなみに有力家族のご令嬢ともなると流石に訓練は優しくなるので、シャーロット嬢のご想像とは違うと思いますよ」

訓練が免除されるわけではないところにお国柄が出ているが。

使節団に同行している令嬢、ニアミリア・ベンディンの容姿も話題の的だった。

何せ、老若男女問わず国民全員を戦士とうたう国だ。

令嬢も男と見紛うほど体格が良いのではと誰もが一度は考えてしまう。

レステーアに思考を読まれたシャーロットは羞恥に頬を染めた。

「あはは、つい～」

「ぼくたちの知っているパルテ王国の方々はみんな逞しいですからね。そう考えてしまうのも頷けます」

隣国ではあるものの、国の規模からどうしてもバーリ王国やアラカネル連合王国へ交流が片寄ってしまう。

シャーロットに限らず、パルテ王国に関する知識は座学で習う程度しかないのが普通だった。

それが想像に拍車をかけるのか広間は賑やかになるばかりだ。

いつまでも続くかと思われたが、ファンファーレが終止符を打つ。

使節団の入場に、その場にいる全員が口を閉じた。

最初に姿を見せたのは使節団の代表だった。

噂に違わぬ筋肉を晒し、乱れのない歩調は一般人にはない規則性がある。

（まだ初秋とはいえ、薄着なのは変わらないのね）

服装は知っているものと寸分の違いもない。

上着にはボタンを使わず、服の前で重ねた布を腰紐で留めているのが特徴的だった。着心地はゆったりしてそうだけれど、半袖から覗く鍛え上げられた腕にどうしても窮屈さを感じてしまう。

続く使節団員も男女共に印象は変わらなかった。

やはりみんな体格が良い。

使節団自身が広告を兼ねているのもあるだろうが、令嬢も山のように盛り上がった筋肉と切り離すのは難しいように思われた。

もしかしたら使節団員に紛れて既にいるかもしれないと参加者たちが視線を交錯させたところで、鮮やかな赤に意識を奪われる。

夕日を溶かしたようなスカートレット色の髪が、一歩、令嬢が歩みを進める度に宙へ広がった。

濃紺の瞳と合わさると時間と共に移りゆく空が一つになったかのようだ。

使節団を後ろから照らすが如くニアミリア・ベンディンその人が入場する。

悠然と姿を現した彼女に誰もが予想を裏切られて見惚れた。

苛烈な色を持ちつつも整った顔立ちは柔和で穏やかだ。

緩くクセのある長髪に、凛と背筋を伸ばした姿はどことなくクラウディアに通じるものがあった。

けれど、目元の印象は大きく違う。

（レステーアの言っていた通りね）

国民全員が戦士と言えども、使節団員と令嬢は別物だった。

服装もドレス姿にパルテ王国の特徴はなく、使節団から離れれば今にもクラウディアたちに溶け込めそうだ。

もっと奇異な姿を想像していた下世話な者たちは落胆の溜息をつくが、政治体制の違いこそあれ隣国である。教義も同じで文化交流もあるとなれば、美意識に大きな差が生まれることはなかった。

続いて王族専用のドアからシルヴェスターが姿を見せる。

王族専用のドアは広間から一階分ほど上に設置され、バルコニーが設けられていた。

広間に集まった面々を見下ろす形で、シルヴェスターは穏やかな笑みを浮かべる。

「遠路はるばる来訪してくれたパルテ王国使節団、並びに同行者であるニアミリア・ベンディン嬢に労いの拍手を。今回集まった者の中にはニアミリア嬢と同年代の者も多いだろう。ぜひこのパーティーを機会に交流を深めてもらいたい」

乾杯が交わされたあとは、シルヴェスターもバルコニーから続く階段から広間へ下りてくる。

礼儀的な挨拶を一通り終えたところで、クラウディアたちと改めて合流した。

件のニアミリアの周りには子息令嬢が集まり、人だかりができている。

「みな興味が尽きないようだ」

「仮装舞踏会の主催者でもありますもの。今までとは違った趣向の持ち主がどんな方か気になるのは、わたくしもわかりますわ」

「ディアは加わらなくていいのか？」

「後日、ニアミリア様との交流を目的としたお茶会もありますから、本日は挨拶だけで十分だと思っております」

クラウディアやルイーゼといった上級貴族が場を陣取ってしまえば、他の貴族たちの妨げになる。

顔見せができればいいと、挨拶だけでクラウディアたちはニアミリアの元を去っていた。

ニアミリアの存在を除けば、これといって何の変哲もないパーティー。

しかしそこへ年上の婚約者候補、ウェンディ・ロイド侯爵令嬢が姿を見せたことで空気が変わった。

「殿下っ、騙されないでください！」

深窓の令嬢と評されるウェンディに似つかわしくない声だった。

いつになく張り上げられた声に周囲がざわめく。

ウェンディからキッと睨み付けられたクラウディアは驚くばかりだ。

未だかつてこれほど感情を露わにした彼女を知らない。

加えて、悪感情を向けられるのもはじめてで疑問が浮かぶ。

（一体どうなさったというの？）

驚いているのはウェンディを知っているルイーゼたちも一緒だ。

貴族派であるウェンディとは家の都合で距離を置いていても、個人間で反発し合うことはなかった。いつだって彼女は落ち着いた淑女だったのである。

それが。

今や目を血走らせる勢いだ。

頭を振り、結ってまとめたスミレ色の髪を大きく揺らす。

「この悪女を信用してはなりません！　あ、あろうことか、クラウディア様は、口に出すのもおぞましいことを計画されております！」

時折言葉を詰まらせながらもウェンディの訴えは止まらない。

胸にあるスミレのブローチだけが平静を保っている。

「殿下は新しく誕生した犯罪ギルドをご存じですか？　く、クラウディア様は、それを牛耳っておられるのです！　更にはアラカネル連合王国とも結託しております！　そして手に入れた商館を使い……あぁ、この先は恐ろしくて言葉にできませんっ」

そう口にするウェンディは、顔を青ざめさせ、口元に手を当てる。

目が潤んでいることからも、なけなしの勇気を振り絞ってシルヴェスターへ直談判しているのが窺えた。

「わかった、話を聞こう。私がいるのだ、慌てる必要も恐れる必要もない」

異常な事態を前にしても、シルヴェスターの口調は穏やかだ。

（いえ、こういうときだからでしょうね）

威圧的に接するよりも親身に対応したほうが良いと判断したのだろう。

クラウディアとしても、言いがかりには怒りより戸惑いが勝っていた。

まずはその考えに至った理由を知りたいと思う。

シルヴェスターに自分の言葉を否定されなかったことで、見るからにウェンディはほっとした。

しかし水を差す者が現れる。

「これは何ということでしょう！　ウェンディ嬢の言葉が事実であれば、クラウディア嬢は婚約者候補の立場を利用しているに違いありません！　ましてや他国と手を組むなど、利敵行為ではありませんか！」

「トーマス伯爵、まだ事実確認が済んでいない状況での発言は気を付けられよ」

肩まであるブロンドの髪をカールさせたトーマス伯爵は、シルヴェスターへ慇懃（いんぎん）に頭を下げる。

「おぉ、失礼いたしました。少しでもウェンディ嬢の不安を取り除いて差し上げたかったまででございます」

かといってクラウディアに謝罪する気はないようで、視線はウェンディとシルヴェスターに固定されていた。

（トーマス伯爵家は王族派だったわね）

ここまであからさまな態度を取られれば、リンジー公爵家をよく思っていないのがわかる。

王族派、貴族派の中立に位置するリンジー公爵家だが、中立ゆえに敵対視する家も少なくなかった。

トーマス伯爵は今年で還暦を迎える王族派の重鎮の一人だ。

そんな人が自分の孫ほどの年齢である令嬢の言葉に便乗するのだから、クラウディアは天井を仰ぎたくなった。

（ある意味、立場を表明してくださるのはわかりやすくていいけれど）

敵、味方の判別がつくほうが動きやすい。

黙っていれば相手をつけ上がらせるだけだと判断し、クラウディアも口を開く。

「トーマス伯爵のお言葉は、わたくしにも向けられたものと考えてよろしいのかしら？」

暗に失礼な態度を指摘したわけだが、トーマス伯爵も年季が入っているだけあって難なくかわす。

「もちろんですとも。完璧な淑女と名高いクラウディア嬢ならば、儂の心配も酌んでもらえるでしょう」

目は口ほどにものを言う。

言葉とは裏腹に、トーマス伯爵の目には侮蔑が浮かんでいた。

（小娘がいい気になるな、といったところかしら）

「あくまでウェンディ様を心配なさってのことでしたら、わたくしもこれ以上言うことはありませんわ」

心配しているのはわたくしも一緒ですもの、と表情を曇らせてウェンディと向き合う。

シルヴェスターに任せることもできたけれど、後ろ暗いことは何もないと周囲に見せる必要があった。

クラウディアが堂々とした態度でいれば、平静さを欠いたウェンディの粗が目立つ。

「何か誤解があるように存じます。場所を替えてゆっくりお話しするのはいかがかしら？」

「わ、わたくしは知っているのです。あなたの恐ろしさを！」

「お話しするのも難しいということかしら？　ウェンディ様がおっしゃったことは全て説明がつきますわ。何せシルヴェスター様もご存じのことですから」

「犯罪ギルドを使った、先の貴族派襲撃の事件についてもですか⁉」

「そこから誤解を解いていく必要がありそうですわね」

確かにクラウディアはローズとして、犯罪ギルド「ローズガーデン」を率いている。

だがこの件は秘匿されており、王族派や貴族派の重鎮さえも知らないはずだ。

（ウェンディ様はどこでそれを耳にしたのかしら？）

とはいえ貴族派襲撃――娼館の帰りに貴族が強盗殺人に遭った件については、全くの無関係である。

（被害者が貴族派だったことで、誰かから何か吹き込まれたの？）

そうとしか考えられないが、点と点が上手く結びつかない。

どうやってウェンディは、犯罪ギルドと事件を結びつけたのか。

第一、貴族の令嬢が新興の犯罪ギルドについて知っているのがおかしかった。

警ら隊以外でそのことが話題に上がるのは、貧民街など平民の中でも限られた場所だ。

疑問は尽きない。

そこへ更なる爆弾が投下される。

「本当に誤解でしょうか？　殿下も疑っておられるから、新しい婚約者候補にニアミリア様をお招きになられたのではなくて⁉︎」

初耳だった。

クラウディアに限らず、ルイーゼやシャーロット、ラウルたちもシルヴェスターを見る。

シルヴェスターは穏やかな表情を崩さない。

「ウェンディ嬢、不確かなことを口にするのは勧められた行為ではない」

「もう決定していると伺っております。でなければニアミリア嬢が使節団に同行なさる理由がありませんもの！」

真意はどうなのかと、聞き耳を立てていた人々はニアミリアへ視線を集中させた。

急に話題を振られたニアミリアは濃紺の瞳を瞬かせる。

ふいを衝かれた表情には愛嬌（あいきょう）があったものの、発せられた彼女の言葉が決定打になった。

「わたくしは元よりシルヴェスター殿下の婚約者になるため、ここにおりますけれど？」

悪役令嬢は誘われる

パルテ王国の使節団を迎えるパーティーは予想外の展開で幕を閉じた。

それはシルヴェスターも同じで、急遽（きゅうきょ）このあと二人で話す場が設けられた。

とはいえ、すぐにとはいかず準備のための待ち時間ができる。

クラウディアも帰宅が遅れる旨を屋敷へ連絡する必要があった。

使いを出し、ざわついたまま帰る参加者たちを通路から見送る。

「ルーとシャーロットも同席しなくてよろしいの？」

シルヴェスターから話を聞く権利は、婚約者候補の二人にもある。

「ご自分のことを一番にお考えになって。わたしたちも他人事ではありませんが、ディーほど渦中にいるわけではありませんから」

「そうですの、お姉様のお気持ちが大事ですの。あたしは機会があったらウェンディ様とお話ししてみたいと思いますの〜」

シャーロットのロジャー伯爵家も、ウェンディと同じく貴族派だ。

クラウディアやルイーゼに比べて、約束を取り付けられる可能性はあった。

「絶対に無理をしてはダメよ？」

クラウディアのためであることは明白で、シャーロットに言い含める。

彼女まで目を付けられるわけにはいかない。

「お姉様にご心配をおかけしない範囲で頑張りますの〜！」

「もし立場が悪くなりそうだったら、わたしを頼りなさい」

シャーロットの献身に、ルイーゼも後援を申し出る。

良くも悪くも貴族社会では階級が物を言った。

家の歴史や人脈においても、ルイーゼはウェンディと同格だ。

属する派閥が違っても影響力は無視できない。

「といってもディーほど力にはなれないでしょうけど」

苦笑するルイーゼに、あら、と笑いかける。

「一人より二人、味方が多いに越したことはないのではなくて？」

シャーロットもすかさず同意する。

「その通りですの〜！　お姉様方がいれば何だってできる気がしますの」

屈託ない笑みを浮かべるシャーロットの頭を撫でれば、更に彼女の表情が蕩けた。

（二人に心配をかけないためにも気を確かに持ちましょう）

できることから一つずつ。

急いても何も解決しないのだから。

ルイーゼとシャーロットを見送ると、隣に立つ人影があった。

「シルヴェスターの選択肢が増えたんだ。クラウディアも増やしたらどうだ？」

「バーリ王国はいつでも歓迎、というか待ち望んでいますからね」

ダークブラウンと青色の髪が視界に入る。

通路は陰になっているものの、まだ日が高いおかげで色合いがよくわかった。

「お二人はまだお城に残られますの？」

「シルヴェスターから直接話を聞けなくても情報収集は必要だからな」

「こちらの外交官は事実確認に走り回っていますよ」

一部とはいえパルテ王国と隣接しているのはバーリ王国も一緒だ。

対岸の火事であっても静観はしていられない。

ラウルとレステーアにとってもニアミリアの件が驚きだったのは、パーティー会場での反応を見ればわかる。

事前にレステーアから報告がなかったことも加味すれば、バーリ王国もこの件に関して知らなかったようだ。

「理由はまだわからないが、ニアミリア嬢の発言から、パルテ王国は本気でシルヴェスターの婚約者の座を狙っているみたいだな」

「でなければ、あのような言葉は出ませんものね」

お茶を濁すこともできたのに、ニアミリアははっきりと婚約者になるためだと明言した。

レステーアがどこか含みのある笑みを浮かべる。

「ニアミリア嬢にとっては悪意なく目的を表明できる良い機会になりましたね。ウェンディ嬢については口にするのも躊躇われますが」

どうやら、と仮定するまでもなく、レステーアはウェンディを敵認定したようだ。

クラウディアやシルヴェスターが前に立っていたので動きを見せなかったが、今もなお怒りを抱いているらしく弧を描く碧眼に鋭さがある。

「自分から発信すれば角が立つが、あの状況でなら仕方なくという体面がつくれるからな」

「ニアミリア嬢もよく対応したものです。発言内容をご自身の意思に留めれば、誰も否定できませんから」

まだ公にされていないことを吹聴するのは心証が悪い。

あの場では参加者の好奇心が勝ってしまったが、ウェンディの暴露は令嬢としてあるまじきものだ。その点、ニアミリアは上手く言葉を選んでいた。

(急にどうしてしまわれたのかしら)

ウェンディについては、それに尽きる。

クラウディアの知っているウェンディは、決して礼儀を失するような人ではなかった。

自然と視線が下がった先で影が動く。

隣にいたラウルが移動していた。クラウディアの目の前へ。

背の高い彼の表情を窺うには顔を上げるしかない。

たまに糖度が上がるビターチョコレートの瞳は、静けさを保ったままクラウディアを視界に収めていた。

「クラウディア」

ダンスへ誘われるかのように、指先を軽く引かれる。

腰を折り、手の甲へ口付ける様子は――振りだけだが――パーティー会場でよく見受けられる光景だ。

おふざけで通じる気さくさを残しつつも、ラウルの瞳が気持ちを雄弁に語る。

軽く頭を下げたからだろう、クセのある前髪が目にかかっていた。それでも向けられる熱意が薄らぐことはない。

逆に色香を伴い、熱が上がっている気さえする。

「オレは本気だ。いつだってクラウディアをバーリ王国へ連れて帰りたいと思ってる」

シルヴェスター同様に、クラウディアにも選択肢があるのだとラウルは唱え続ける。

(優しい人)

無理強いせず、いつだってラウルは決定権を自分にくれる。

意思を尊重してくれることに胸が温かくなった。

けれど答えは一つしかない。

「わたくしの心は決まっておりますわ」

「わかってるさ。ふとしたときに思いだしてくれたらいい。今回の件が、厄介事になるのは目に見えてるからな」

「いつだってぼくはクラウディア様の味方です」

ラウルの言葉を受けて、レステーアが綺麗に笑う。

クラウディアへ向けられた笑みは、令嬢たちが見たら卒倒しそうなほど透き通っていた。

「オレたちは、だろうが」

「ああ、ラウルもいましたね」

「拳で存在をわからせてやろうか?」

「くっ、主人の暴力に、ぼくは耐えるしかないんだ……！」

「マジで殴ってやりたい」

はじまった茶番に、ふふっと声を出してクラウディアは笑う。

相変わらずレステーアは場の空気を軽くすることに長けていた。

（厄介事……ラウル様がおっしゃる通りでしょうね）

意味もなくパルテ王国が婚約者を擁立するわけがない。

使節団に令嬢が同行していた目的はわかったが、理由は何なのか。

これぱかりはシルヴェスターから教えてもらうしかなかった。

悪役令嬢は王太子殿下と話し合う

使いの者に案内されて、何度も訪れた応接室へ入る。

見慣れた景色が広がっているはずなのに、ドアをくぐった瞬間、鮮やかな色に目を奪われた。

（ニアミリア様を彷彿とさせるわね）

赤ともオレンジともつかない夕日が空を、室内を染めていた。

眩しいというほどではないものの、赤色の存在感にしばし圧倒される。

部屋にいたシルヴェスターもクラウディアの視線を追い、束の間二人で空を眺めた。

「だいぶ待たせてしまったか」

「いいえ、他の方のお見送りをしていましたから、あまり待った感覚はありませんわ」

促されてシルヴェスターの隣へ腰を下ろす。

部屋の様子がいつもと少し違うのは、テーブルに地図が置かれているからだろうか。

簡単なものだけれど、ハーランド王国をはじめバーリ王国、パルテ王国、以下乱立している国々の位置がわかるようになっている。

話を整理するために用意されたらしかった。

シルヴェスターが紅茶を一口含んでから声を発する。

「ウェンディ嬢にも言ったが、婚約者候補についてはまだ協議中で決定には至っていない」

だが、と続く言葉があった。

「概ね決定しているというのも事実だ。数日中には公式に発表されるだろう」

「何があったのです？」

ウェンディによる糾弾、そしてニアミリアの発言に動揺しなかったといえば嘘になる。

それでも先に状況を把握したかった。

（わたくしの知らないところで何が起きているの）

テーブル上の地図を見て、落ち着こうと自分を律する。

ことは国内だけの問題ではないのだ。

しかしそんなクラウディアに対し、シルヴェスターは眉尻を下げる。

いつになくわかりやすい表情に自然と笑みがこぼれた。

「怒ってはいませんわ。シルは決定してからニアミリア様について話してくださるつもりだったのでしょう?」

シルヴェスターの膝に置かれた手に、自分の手を重ねる。

正式に決定するまでシルヴェスターが出来る限り抗おうとしてくれていたのを察したからだ。でなければ話があった時点で、それとなくクラウディアにも伝えられていただろう。

シルヴェスターだけではない。議会には父親もいる。

簡単には受け入れられない話だからこそ、クラウディアにまで情報が届かなかったのだ。

逆にウェンディは賛成派から情報を得たとも言える。

(トーマス伯爵から聞いたのかしら)

もしくは彼女の父親から。けれどその可能性は低いように思えた。

現婚約者候補の家にとって、新しい婚約者候補の擁立(ようりつ)は何の得にもならない。

「すっかり後手に回ってしまい面目ない」

「お気になさらないで。ウェンディ様というイレギュラーもございましたから」

彼女の発言がなければ、ニアミリアも公言を控えていただろう。

最初から言うつもりなら、入場時などニアミリアにとって適した場があった。

あの状況だからこそ、彼女は自分の意向を表明できたのだ。

シルヴェスターが自分を責める必要はどこにもない。

大丈夫、わかっています、と伝えれば、黄金の瞳が切なげに細められた。

「ディアと接していると、たまに言葉に詰まりそうになる。胸に去来する感情を上手く言葉にできぬのだ」

視界で銀髪が光を弾く。

次いで温もりに包まれ、クラウディアも大きな背中へ手を伸ばした。

「わたくしも感情を言葉で表せないときがありますわ」

そうか、と熱のこもった声が耳朶を撫でる。

少し低めの魅惑的な声音に腰が浮きそうになった。

夕暮れ時、空の色が移り変わる刹那に気持ちが寄せられているのだろうか。

（真面目な話をしているのだから反応しないの！）

焦りが勝り、若い我が身に言い聞かせる。

心拍数が跳ねたのを気取られたくなくて、そっとシルヴェスターの胸を押して二人の間に空間を作った。

顔が赤くなっているのは夕日のせいにしたい。

シルヴェスターは胸に置かれた手を握り、クラウディアと額を合わす。

「ディアに感謝を。いつも君の言葉、存在に私は救われている……いざ言葉にしてみると、どうしてもありきたりなものになってしまうな」

「十分ですわ」

「だがこれだと完全に気持ちを伝えられているとは思えぬのだ」

顔が近付き、互いの鼻頭が重なる。

口付けは軽く、唇が合わさる程度だった。

それでも離れ際に余韻を残していく。

まだ息が触れる距離。

「ディア、愛している」

「わたくしも愛していますわ、シル」

次いで握られた手にキスを落とされた。

上目遣いで濡れた黄金の瞳を向けられてドキリとする。

——濃厚な香りに包まれていた。

今更ながらに香りが空間を彩ることを思い知らされる。

クラウディア、シルヴェスター、それぞれの芳香が混ざり、満ちる。

日の光は遠ざかり、夜の帳が下りていた。

また手にキスが落とされる。

指、そして甲へ。

目が伏せられて黄金の瞳が隠されても、銀色の睫毛が思いをこぼす。

薄暗い中でもはっきりと見て取れるシルヴェスターの滴るような美しさに頭がクラクラした。

丁寧な口付けが伴う熱に煽られる。

強く求められないのは、時間が有限だからだろう。

その分、否も言えず、体の芯に火が灯り続ける。

静寂が続く中、吐息を漏らしたのはどちらだったか。

手が解放されたのを機に、クラウディアは喉を潤した。

シルヴェスターも仕切り直すように紅茶を飲む。

ついティーカップに付けられた唇へ目が行ってしまい、慌てて視線を逸らした。

「ウェンディ嬢のことも気になるが、まずはパルテ王国についてだな」

「はい、どうして今になって婚約者候補が増えることになったのでしょう？」

情勢によっては他国の令嬢が婚約者候補に入ることもあるが、今代では自国の令嬢に対象が絞られていた。

比較的、世界情勢が安定している間に、国内の体制を盤石にしようと考えられたからだ。

「パルテ王国内にて、我が国に対する敵対感情が高まっている。一触即発と言えるほどにだ」

「まさか……」

一触即発、それは戦争も視野に入っているということだった。

あまりの事態に続く言葉が出てこない。

ハーランド王国とパルテ王国は長年友好関係を築いている。

この突然の敵意にはシルヴェスターも苦心しているらしく、珍しく眉根にシワが寄っていた。

「私もまだ信じられない。予兆はあったが、あくまで予兆に過ぎない程度だった。こうも事態が急

変するとは……民主制の落とし穴を学ばせてもらった気分だ」

君主制であるハーランド王国では、国王が決定権を持つ。

だからどれだけ国民感情が昂ぶろうが待ったをかけられた。

もっといえば、その間にいる貴族が先に統制をおこなうので、いきなり国民感情が爆発するようなことはない。

暴動が起きたところで、基本的に各領地内でことは治まるからだ。

けれど民主制であるパルテ王国では事情が異なる。

国民から選出された議会員に比べ、国王の意向は優遇されるものの決定権はない。

有力家族が貴族と同じ働きを担っていても、法で定められている貴族制とは違う。もし私兵を動かして国民を統制しようとすれば、越権(えっけん)行為として有力家族のほうが罰せられた。

「パルテ国王をもってしても、国民感情を抑えることができませんの？」

「その段階にまで至ったようだ。ニアミリア嬢の同行が、事態の緊迫具合を表している。ここまで感情的にパルテ王国が動くのは想定外だ」

パルテ王国民の不満の種は、パルテ王国がハーランド王国と紛争地帯の壁になっていることにあった。実際、南西部に位置する辺境伯は、今や名前だけの存在になりつつある。

いくら防衛費をあてがわれていても、戦い、血を流すのはパルテ王国民だけだ。

これではハーランド王国の属国と変わらないじゃないか、というのが国民の訴えだった。

「言い分はわからないでもない。だから毎年使節団と協議し、支援や優遇措置をおこなってきた。

そうして今まで均衡を保ってきたのだ」

「バーリ王国が不満の対象から外れたのは、紛争地帯と面しているからかしら?」

立場的には、バーリ王国もハーランド王国と大差はない。

バーリ王国もパルテ王国を支援する代わりに、紛争地帯へは傭兵を派遣してもらっている。

けれど立地上、完全にパルテ王国が蓋をしているわけでもなかった。

「その可能性は否めぬ。だが正直なところ、パルテ王国民の中でどういう判断がくだされているのかはわかっていない」

貴族制度のある国では、貴族が一つの大きな単位になる。

貴族一人につき、領民十万人——この数値は領地の規模で変わる——の意見をまとめているといった具合に。

対するパルテ王国ではその単位が通用せず、有力家族は民衆の意見をまとめているわけではない。

有力家族の意見に民衆が賛同しているに過ぎないのだ。

そこから民衆の意見を見出すのは難しい。

「今わかっているのは、パルテ王国民が我が国に否を突き付けたことだけだ」

特に今回の件ではパルテ王国民の「否」に、王家を含め、有力家族が頷くしかない状況になっている。

「使節団はニアミリア嬢を私の婚約者とすることで国民感情を抑え、戦争を回避するよう訴えてきた」

「国が親戚関係になれば虐げられているという認識が薄れるからですわね」

シルヴェスターは婚約者という言葉を使ったが、それは即ち王太子妃になるということだ。

パルテ王国内で治まりがつかない以上、解決策の一つとしては理解できる。

「問題はパルテ王国の姿勢が強固なところにある。ニアミリア嬢が婚約者にならないなら、戦争は不可避だと言ってきた」

「ですが戦争をしたところで、パルテ王国に勝ち目はないでしょう？」

戦士一人一人のポテンシャルや戦術が優れていても、国の規模が違い過ぎる。

兵力で考えればハーランド王国のほうが数倍上なのだ。

これは誰の目にも明らかだった。

「そして我が国も得をせぬ」

戦争は、戦略が失敗した最後の手段とされる。

何故なら戦争を起こす時点で少なくない損失を被ることになるからだ。

必要になる武器などの物資、そして一番の痛手は働き手が兵士として徴集されることだった。

ハーランド王国には職業軍人も存在するが、彼らだけで戦争ができるほどではない。

今回の件でいえば、辺境伯領を筆頭に周辺地域から領民が兵として集められるだろう。働き手の数が減れば、必然的に経済活動は停滞する。

本来なら敗戦国にその負債を負わすのだが、パルテ王国に十分な返済能力があるとは考えられない。

加えて、国民の気質が他国と大きく異なっていた。

「パルテ王国民は戦士として、最後の一人になっても戦いを止めぬだろう」

勝敗が決まったところで関係ないのだ。

元々負けが見えている戦いすら辞さないと主張しているのだから。

ハーランド王国はパルテ王国民を根絶やしにしない限り、安心してパルテ王国領土を回収することもままならない。

また紛争地帯からも勢力が伸びてくるのは目に見えていた。

もし戦争となれば、互いに損をするだけの戦となる。

自分でも眉間にシワが寄っていることがわかったのか、シルヴェスターが親指で眉根を揉む。

そして改めてクラウディアの青い瞳を見つめると言い切った。

「私がニアミリア嬢と婚約する未来はない。パルテ王国との戦争もだ」

シルヴェスターは揺るぎなかった。

黄金の瞳の力強さに、心臓を掴まれる。

「何としても方法を探す。そのためには一旦、婚約者候補とすることで時間を稼ぐ必要がある」

これはシルヴェスターに限ったことではなく、父親を含めた反対派の意見だという。

悪い言い方をすれば問題の先延ばしだが、こうでもしない限り今にも戦争の火蓋が切って落とされるのだ。

「ことが決するまで、不安にさせるし心配もかけるだろう。だが私を信じて待っていてほしい」

「わかりましたわ。わたくしにできることがあれば、何でもおっしゃってくださいませ」

一人で戦う必要はありません、そう言って微笑めばキスで応えられた。

「ありがとう」

優しい笑みに、その場で蕩けそうになる。

けれどクラウディアもうかうかしていられない。

ニアミリアとの交流を目的とするお茶会が後日に控えていた。

（わたくしも情報を集めましょう）

自分なりのやり方で。

予想外の出来事に焦る心は、シルヴェスターが消してくれた。

クラウディアも一人ではないのだ。

（大丈夫、シルと二人なら乗り越えられるわ）

窓から見えた夕日は、すっかり姿を消していた。

悪役令嬢はお茶会に出席する

王城の庭園で開催されるお茶会には、名だたる貴族令嬢たちが招かれていた。

馬車を降り、庭園へ続く列柱廊を歩く。

規則的に並ぶ柱は整備された林道を連想させた。柱の一本一本が大きく、木のように聳(そび)えているからだろう。

（あれから何度通ったかしら）

馬車から廊下へ降りると、いつかの光景が蘇った。

異母妹を追ってシルヴェスターと二人で歩いたお茶会の帰り、はじめて彼の感情を見た気がした。

全てを受け入れられなかった当時の自分に苦笑が漏れる。

（まさか本心だったなんて）

からかわれているだけだと思っていた。

けれど、あのときのシルヴェスターは本気だったのだ。

手前の柱に触れる。

（ファーストキスにしては、ムードも何もあったものではなかったわね）

衝動的におこなわれたそれに驚くばかりか、冷ややかな反応を返してしまった。

振り返ればお互いに反省しかない思い出だ。

到底、人に自慢できるものではない。

（おかげで二人だけの思い出になっているから良かったのかしら）

誰に茶化されることもなく、二人で思いだしては自分たちの未熟さに悶える。

（わたくしとシルだけの）

記憶が蘇ったのは、この先にニアミリアがいるからだろうか。

先日、遂にニアミリアの婚約者候補入りが発表された。

わかっていたことだし、シルヴェスターとも話して心の整理はついている。

不安はないと言い切りたいところだけれど、まだ先日の衝撃を受けとめきれていない自分がいるのかもしれない。

何せ衝撃はニアミリアに限ったことではなかった。

（大丈夫、わたくしは一人ではないもの）

シルヴェスター然り、パルテ王国の件では父親もヴァージルも動いてくれている。

会場である庭園にいるのもニアミリアだけではない。

ルイーゼやシャーロットをはじめ、馴染みの令嬢たちがいるのだ。

気持ちをそちらへ向ければ、早くも庭園から風にのって賑やかな声が届いた。誰かが談笑しているようだ。

列柱廊を歩く他の令嬢の足取りも軽い。

（見頃の花は何かしら）

ちょうど季節が移り変わったところで、庭園も秋の仕様へと様変わりしているに違いない。

天気に恵まれたのもあって目にも楽しいだろうと足を進める。

そこへ突然、鋭い声が響いた。

「顔を合わせないよう手配を頼んだでしょう⁉」

「も、申し訳ありません！」

「全く、使えない子！」

何事かと後ろを振り向けば、馬車から降りるウェンディがいた。

どうやら到着時刻が被ったらしい。

クラウディアと目が合うなり顔を背け、廊下を急ごうとする。

しかし降りる瞬間、変に勢いがついてしまったのか、手伝っていたウェンディの侍女が転んだ。

「きゃっ」

「人前で恥をかかせるなんて、どこまで愚鈍なのっ」

無事だったウェンディは侍女を一睨みすると、そのまま歩き去ってしまう。

(人が変わったようだわ)

自分が知らなかっただけで、これが本来の彼女なのだろうか。

いつも静かに微笑んでいた姿が嘘のようである。

令嬢や他家の使用人がいる前で叱責されたウェンディの侍女は、顔を真っ赤にさせて震えていた。

ポタポタと床に染みができるのを見て、クラウディアは身を屈めてハンカチを差し出す。

「お使いになって」

「へ……リンジー公爵令嬢!?　も、申し訳ありません！」

まさかクラウディアから話しかけられると思っていなかったのか、目を大きく見開いたまま侍女はお門違いな謝罪を口にする。

このままではハンカチも使われなさそうだったため、クラウディア自ら彼女の濡れた頬へハンカチを押し当てた。

「謝る必要はなくてよ。ケガはなくて？」

「はひっ」

緊張のおかげか涙は止まっていた。

それでもまた必要になるかもしれないと、ハンカチを侍女に握らせる。

「あなたも一度は屋敷へ戻られるのかしら？」

個人主催のお茶会では同行した騎士や侍女用の待機所があるものの、王城にはない。

代わりに人員が用意されていた。

屋敷へ連絡を入れたければ早馬で伝令を出せるし、運悪くヒールが折れてもすぐに職人が対処してくれる。

全て無償でおこなわれるため、家計が苦しい家はわざと修理が必要なもので参加するという噂もあるぐらいだ。

便利ではあるが、クラウディアは裏の意図があるように思えてならない。

（お茶会の外で何があったのかまで王家に筒抜けだわ）

誰がどこでどんな予定外のことに見舞われたのか。

一つ一つは些細な情報でも有事にはどう化けるかわからない。

現に小さな情報を掛け合わせることで、クラウディアとシルヴェスターはナイジェル枢機卿が運営する違法カジノの拠点を見つけ出した。

それもあって、つい深読みしてしまう。

平静を取り戻すのに時間が必要だったのか、間を置いてウェンディの侍女が口を開く。

「は、はい、馬車で一度屋敷へ戻って、帰宅時間にまた来る予定です」

「わかったわ、では馬車に乗りましょうか」

クラウディアの場合、ヘレンは連れてきていない。

人手が必要なのは馬車の乗り降りくらいで、それなら御者に頼めば済む話だからだ。

だからかクラウディアが王城へ向かうときに限って、御者担当の中で誰が送迎するか争いが起こっていたりする。

(大抵のことは一人でできるのだけれど、それが許される身分ではないのよね)

娼婦時代に積んだ経験のおかげでドレスも着ようと思えば一人で着られる。

馬車の乗り降りだってそうだ。

公爵令嬢である手前、外聞のために人を使っているに過ぎない。

人の手を借りるのも貴族にとっては作法の一つだった。借りないと野蛮と言われるほどだ。

クラウディアがウェンディの侍女の手を取ると、再度彼女は慌てだした。

「えっ、えぇっ⁉　だ、大丈夫です！　一人で……いたっ」

身を引いて侍女が立ち上がろうとしたときだった。

倒れた際に足首でも捻ったのかバランスを崩す。

危ない、と思ったときには、胸で侍女を受けとめていた。

咄嗟に足を開いて重心を固定できた自分を褒めたい。

「っ……⁉」

クラウディアの胸に顔を埋めることになった侍女は目を白黒させるばかりだ。

「無理をしてはダメよ。少し手伝ってもらえるかしら？」

前半は侍女に、後半は待機していた御者に向けた言葉だ。

御者はクラウディアの視線を受けると、はい！　と勢い良く返事しながら駆け寄った。

「彼女を馬車へ乗せてくださるかしら」

「お任せください！」

流石のクラウディアもケガ人を抱えたままでは動けない。

御者が侍女に肩を貸すことで、この場はことなきを得た。

着席した侍女が何かを発する前に先制する。

「わたくしのことは気にしなくて大丈夫よ。ハンカチも差し上げるわ。ウェンディ様に黙っていたほうがあなたのためでしょう」

先ほど見た様子からも、このことをウェンディが知れば苛烈な反応を見せそうだった。

御者にも同じことを言い含めて馬車を見送る。

顔が見えている間、ウェンディの侍女はずっとお辞儀を繰り返していた。

陰で覆われた列柱廊を抜けると、オレンジのダリアをはじめとした色彩豊かな庭園の花々に迎えられる。

秋の風が涼やかに頬を撫でる中、目の前でもピンク色の花が咲いた。

「クラウディアお姉様〜！　お待ちしておりましたの〜」

「ごきげんよう、シャーロット」

クラウディアが声をかければ、シャーロットもカーテシーで答える。

隣には翠色の瞳を持つ親友の姿もあった。

陽光のような髪に、淡いオレンジ色のドレスがよく似合っている。

「ルーも、ごきげんよう」

「ごきげんよう。早速ひと悶着あったのですって？」

「あら、もう噂になっておりますの？」

列柱廊には他の令嬢もいたので、言葉ほど驚いてはいない。

むしろこういった社交の場で噂にならないほうがおかしかった。

口元を扇で隠しながらルイーゼが溜息をつく。

「手を緩める気はなさそうですわね」

「確固たる意思を感じましたわ」

敵意、と言えるものを。

シャーロットは、む〜と唇を尖らせながら首を傾げる。

「先ほどご挨拶させていただいたんですけど、落ち着かない様子でしたの。あ、でも貴族派のお茶会に招待していただけました！」

先日のパーティーでも言っていた通り、シャーロットは直接話を聞くつもりらしい。

大丈夫なの？　とルイーゼが声をかける。

「同じ貴族派とはいえ、シャーロットはわたしたちといる時間が長いでしょう？　出席しても槍玉に挙げられるだけではなくて？」

「そうなったらすぐに帰りますの～。でもそうはならない気がしますの」

左右に飴色の瞳を動かしながらシャーロットは続ける。

「どうも貴族派のご令嬢たちもウェンディ様の様子には戸惑っているようですの」

クラウディアと同じく、人が変わったように感じているという。

「今までウェンディ様はお姉様と距離を取っておられたものの、口撃するようなことはありませんでしたの。むしろお認めになられていたというか……ウェンディ様の周囲も落ち着いた様子だったんですの」

ハーランド王国の貴族間では王族派と貴族派に分かれた対立が見られるが、学園に通う子息令嬢の中では派閥に関係なくクラウディアは認められていた。

学園の行事でクラウディアが分け隔てなく接した結果だ。

おかげで全員とまでは言わないものの、貴族派の子息令嬢からの信頼も篤い。

それに加えて類は友を呼ぶというか、大人しいウェンディの周りには似た性格の令嬢が集まっていた。

突然苛烈になったウェンディに彼女たちも心配を募らせているらしい。

クラウディアはウェンディと仲が良い令嬢の顔を思い浮かべながら頷く。

「シャーロットの言う通りだわ。どなたも悪い印象はないわね」

「ですの～。だから招待されたお茶会も心配はしておりませんの」

「問題はウェンディ様だけ、ということね」

最後にルイーゼが頷いて、話に区切りを付ける。

今日の主役はパルテ王国から来訪中のニアミリアだ。

居住まいを正し、テーブル席にいるニアミリアの元へ向かう。

上級貴族の中でも最高位にあたるクラウディアを遮る人は誰もいない。

クラウディアの姿を認めたニアミリアはすぐに立ち上がりカーテシーを見せる。同じテーブル席に座っていた令嬢たちも自分たちの番は終わったと言わんばかりに腰を上げて移動した。

みな社交界のルールを弁えているのだ。

対面するニアミリアはクリーム色のドレスを身に纏っていた。

胸元や裾にある大きなフリルがケーキを飾るクリームを思わせて甘い印象を残す。

同時にニアミリアの鮮やかな髪色が酸味のある果実のようだった。

甘くなり過ぎない調和の取れた装いがニアミリアのセンスとデザイナーの腕の良さを語る。

一方、クラウディアは深緑のドレスで、花を支えるガクや葉をイメージしていた。

庭園に咲く花を守る意味合いが込められているが、ドレスから何を読みとるかは当人たちの感性に任せられる。

「ごきげんよう、ニアミリア様。パーティーでは華麗な印象を受けましたが、本日はとても愛らしい雰囲気で目が喜んでおりますわ」

「ごきげんよう、クラウディア様。お褒めいただき嬉しいですわ。少し子どもっぽいかもしれないと心配しておりましたの。よろしかったらおかけになってください。ルイーゼ様とシャーロット様も」

誘われるまま三人とも席に着いた。

パーティーのときといい、ニアミリアの所作には違和感がない。

(パルテ王国でも作法は一緒なのかしら)

パルテ王国と聞くと、どうしても代名詞である戦士が頭を過る。

話題には上がらないものの、有力家族の令嬢たちもハーランド王国の令嬢と変わりなく社交を嗜んでいるのかもしれない。

定型的な挨拶が一通り済んだところで、庭園に主催者である王妃が姿を見せた。

賑やかさがざわめきに変わり、驚きに包まれる。

王妃は多忙なため、いつもなら代理人が言葉を届けるだけで終わるからだ。

それだけニアミリア——パルテ王国を重要視している表れだった。

王妃直々の挨拶に、改めて多くの人が戦争回避のために動いているのをクラウディアは感じた。

ちらりと視線だけでニアミリアを窺う。

クラウディアとしては認められないが、彼女も戦争を回避するためにここにいるのだ。

(婚約に乗り気であるかは、まだわからないわね)

ベンディン家としては悪い話ではないだろう。

このような状況下でなければ、シルヴェスターの婚約者候補として名乗りを上げることも叶わなかったはずだ。

けれどニアミリアに浮き足立ったようなところは一切見られない。

自分の婚姻が戦争の有無を決定付けるともなれば、浮ついてなどいられないだろうが。

(そう、彼女にしてみれば、これしか方法がないのよね)

シルヴェスターをはじめ、反対派は他に方法がないか動いていても、パルテ王国側からしたら婚姻しか戦争を回避する手立てがないのだ。

正に国の命運を背負っているニアミリアの心情はどんなものだろう。

自分一人の処遇で、泥沼の戦争がはじまるかもしれない重圧。

(気丈な方だわ)

対外的にはまだ友好国であっても、その裏側は平穏とかけ離れている。

心の内は当人にしかわからないけれど決して穏やかではないだろう。

下手をすると敵国にやって来ているのと変わらないのだから。

だというのにニアミリアからは、そういった気配が微塵も感じられなかった。

自分を強く持っている証拠だ。

加えてニアミリアが微笑むと、日に照らされたように周囲が明るくなる。

「青空の下、こうしてみなさんと顔を合わせることができてとても嬉しいですわ。最近は天気が悪い日もあったと聞いていましたから」

「確か先日のパーティー前は天気が崩れていましたわね。空もニアミリア様の来訪を祝っているのかもしれませんわ」

話しながら、雷鳴が轟いた日があったことを思いだす。

あのとき感じた不安は、パルテ王国との国交を示唆していたのかもしれない。

ニアミリアの濃紺の瞳が人好きする笑みを見せる。

「だとしたら嬉しい限りです。パルテ王国は山岳地帯が多く、天気が安定しないのが悩みの種ですわ」

ハーランド王国とバーリ王国を隔てる山脈の裾野に位置するのがパルテ王国だ。

平野も有しているが、国のほとんどは高低差のある森林地帯だった。

「山頂は特に天気が変わりやすいと伺っております」

「そうなんです！　突然の雨に慌てて山を下るとしますでしょ？　すると少し低い場所では全く降っていなかったりするんですの」

クラウディアの合いの手に、ニアミリアは身振り手振りを交えて答える。

作られる表情は愛嬌があり、幾ばくもしないうちにテーブル席は和やかな雰囲気に包まれた。

そこへシャーロットの小動物的な動きが合わさればより賑やかになる。

――円卓のテーブルには、予め席が四つ用意されていた。

今、着席しているのはクラウディア、ルイーゼ、シャーロット、そしてニアミリアだ。ウェンディはどこだろうと思ったところで当人から声がかかる。

「わたくしもお邪魔させていただいてよろしいかしら？」

「もちろんです！」

緊張が窺えるウェンディに、ニアミリアは快諾する。

クラウディアたちも断る理由はなかった。

着席する椅子が足らなかったけれど、ウェンディが近付いたところで控えていた使用人が用意していた。

腰を下ろしてもウェンディの顔はどこか強張っている。

クラウディアを警戒していることは、向けられた視線から察せられた。

（わたくしと顔を合わせたくなくても、婚約者候補が集まっている席は見逃せなかったのね）

張り詰めた空気が漂うものの、間延びしたシャーロットの声が響くと幾分和らぐ。

「ニアミリア様、質問がありますの〜」

「何でしょう？」

「ニアミリア様も厳しい訓練をされているんですの？」

パルテ王国では全国民が戦士とされ、厳しい訓練を受ける。

しかしニアミリアに鍛えている様子は見られない。

レステーアから令嬢は免除されると既に聞いて答えは知っているが、シャーロットは空気を変えるために、あえて質問したようだった。

ところが返ってきた答えは想定と違っていて。

「ふふ、見た目に出ていないなら上手くいっているようですわ」

「ということは……？」

思っていたものと違う答えにシャーロットは小さく首を傾げる。

「これでもパルテ王国民として恥ずかしくない程度には鍛えております。ただ闇雲に筋肉を付けると美しくありませんから、ドレスが似合うよう考えておりますの」

「まぁっ、そんな方法がありまして？」

軽く目を見開いたのはクラウディアだった。

普段自分がおこなっている鍛錬と近いものを感じたからだ。

「クラウディア様は興味がおありですか？」

「はい、差し支えなければお伺いしたいですわ」

もしかしたらボディーメイクについて新たな発見が得られるかもしれない。

興味を引かれ気持ちが前のめりになる。

傍目にもクラウディアの青い瞳が輝いているのがわかったのだろう、ニアミリアも頬を緩ませた。

自分の努力が他人の関心を引いたのが嬉しかったようだ。

しかし彼女が口を開く前に、ウェンディから横槍を入れられる。

「ニアミリア様、騙されないようご注意ください」

「ウェンディ様、そのようなおっしゃりようはディーに失礼ではなくて？」

堪りかねて口を開いたのはルイーゼだった。

今の話題のどこに注意する必要があるのかと目尻をつり上げる。

「あなたもです、ルイーゼ様。クラウディア様は他人と距離を詰めるのが上手いのです。十分にお気を付けください」

先日のパーティーほど取り乱した様子はないものの、ウェンディは頑なな態度を崩さない。

胸元にあるスミレのブローチが屹然(きつぜん)と輝く。

パーティーでも着けていたものだ。

(お気に入りなのかしら)

令嬢が連続して同じアクセサリーを身に着けるのは珍しい。

上級貴族ともなれば力の一つである富を示すため、アクセサリーを多数所持していると見せるのがお決まりだった。

(わたくしが指摘したら嫌みだととられそうね)

実際アクセサリーの少ない令嬢に対し、指摘することでマウントをとる令嬢もいる。

単に会話を広げたかっただけだとしても、敵対心剥き出しのウェンディには酌み取ってもらえないだろう。

ウェンディの注意に、ルイーゼがパンッと音を立てて扇を畳む。不機嫌の表れだ。

「確かにディーは人を惹き付けます。それは美点でこそあれ、注意されるものではなくてよ」

「ルイーゼ様は何もご存じないのですね。いえ、知っていて庇われているのでしょうか？　わたくしはこれ以上、クラウディア様に騙される方を増やしたくないのです」

「わたしにはウェンディ様が何をおっしゃっているのかわかりませんわ」

ウェンディにはウェンディなりの根拠があるのだろう。

しかし話が自己完結されているため、周囲は困惑するばかりだった。

これ以上やり合ったところで場の空気が悪くなるのはわかりきっている。

今日の主役であるニアミリアを前にして長引かせるわけにもいかない。

(困ったものだわ)

ウェンディが同席を望んだのはこのためだろう。要はクラウディアの邪魔をしたいのだ。

どう話の流れを変えようか考えていると、ニアミリアがそっと目配せしてくる。

そして発せられた言葉に、調子を合わせてほしいのだと察した。

「えぇっと、とりあえず気を付ければいいのですね?」

「悪女と話している心づもりでいてくださいませ」

「当人がここにいるのだけれど」

心外だ、という態度を一応見せておくが言い争いはしない。

ニアミリアはウェンディの意に沿うことで事なきを得ようとしていた。

先ほどの目配せは本心ではないと、クラウディアに伝えるためのものだ。

「では、お話の続きといきましょう。ウェンディ様が同席されているなら、クラウディア様も気を引き締められると思いますし」

ウェンディが頷いたことで話題が体の鍛え方に戻る。

終始ウェンディから厳しい目を向けられていたことを除けば、クラウディアにとっては楽しい時間だった。

帰り際、ウェンディから離れたところでニアミリアに呼び止められる。

「本心でないとはいえ、あの場では失礼いたしました」

「謝らないでくださいませ。わたくしのほうこそ場をまとめられず申し訳ありませんでしたわ」

客人に気を使わせる結果になり、クラウディアには反省しかなかった。

眉尻を下げるクラウディアに、ニアミリアは朗らかな笑みを見せる。

「ウェンディ様にも事情があるのだと存じますが、クラウディア様とのお話はとても心が躍りました」

「そう言っていただけると救われますわ。早速ニアミリア様の鍛錬方法を試してみますわね」

「ぜひ！　わからないことがあれば何でも聞いてください！　クラウディア様も体づくりに興味があると知れて嬉しい限りです」

ニアミリアほど本格的ではないが、クラウディアも独自に体を鍛えていると知り、二人の距離は一気に縮まっていた。

ニアミリアにつられてクラウディアも笑顔になる。

「今後も気軽に接していただけると嬉しいですわ」

「こちらこそ今後ともよろしくお願いいたします」

別れ際には定型句のような挨拶が交わされるが、互いに打ち解けているのは表情が物語っている。

体づくりに余念のない二人は、まるで戦友のようだった。

有力家族の令嬢は思案する

お茶会が終わり、ニアミリアが帰路に就く頃には茜色が空に広がっていた。

（本来ならわたくし主催でもお茶会を開きたいところだけど）

宿泊先となるパルテ王国の大使館に相応しい場所がなかった。

外交用の施設として建てられ、小さなパーティーならおこなえる広間はあるが、それだけだ。

国の規模は建物の大きさにも比例する。

特別経済的に豊かでもないパルテ王国の大使館は、お世辞にも大きいとは言い難かった。

他国と比べればこぢんまりとした印象が拭えず、唯一目立つのは正面に大きく掲げられた国の意匠だけだ。

花壇すらない玄関は無骨そのものだった。

（ハーランド王国では野蛮人に近いと思われているようだし）

先のパーティーで自分に集まった好奇の目。

その意味をニアミリアは正しく理解していた。

使節団や国の印象から、片寄った先入観を持たれるのはいつものことである。国をあげてそれを売りにしているのだから仕方ない。

だからこそ、叶うならハーランド王国と変わらない華やかな文化がパルテ王国にもあることを自分主催のお茶会で示したかった。

そうすればハーランド王国の人々にもより身近に感じてもらえるだろう。

けれどない袖は振れない。

(仮装舞踏会は何としても成功させないと)

シルヴェスターの婚約者候補として、いや、婚約者になるのを望まれてからニアミリアなりに知恵を絞って企画したのが仮装舞踏会だ。

お茶会すら開けないのに無理だと思われるかもしれないが、仮装舞踏会は参加者にも準備が必要になるため、開催までの期間を長く設けられる。

準備期間ができることで、大使館も大きく手を加えられた。

仮装舞踏会当日は広間だけでなく、続き部屋や庭といった大使館の一階部分のほとんどを開放する予定だ。

逆を言えば、そうまでしないとハーランド王国中の貴族を招くことはできない。

庭も会場になるため、今日のように晴れることを願うばかりである。

ニアミリアのために用意された部屋は二階にあった。

パルテ王国にある自室の五分の一ほどの大きさだが文句は言えない。

生家であるベンディン家の財力なら独自に屋敷も買えるが、どうせ最後には王城へ招かれるのだからと父親は用意しなかった。

(凄い自信よね)

勝算がなければ、こうしてニアミリアを送り出すことはなかったとしても。

ソファーに腰を下ろしながら、出掛ける前にお願いしていたことを老齢の侍従に確認する。

五十に差し掛かった侍従は、平素ならロマンスグレーの紳士的なおじさまにしか見えない。

老齢の侍従ことダートンは、長らくベンディン家に勤めていた執事だった。それが今回の件を機に後任へ仕事を譲り、ニアミリアの同行者として侍従を買って出てくれた。

「ドアの件は周知されて？」

「はい、使用人全員に徹底させました」

ダートンのようにパルテ王国から随行している者もいるが、大使館で働く使用人の多くはニアミリアと面識がない。

そのため改めてニアミリアの嗜好や注意事項を伝える必要があった。

些細なことでも伝達を怠らないことで後のトラブルを防げる。

「ニナ様はお茶会で得るものはございましたか？」

ダートンが用意した紅茶をテーブルに置く。

鼻をくすぐる香りに、無意識のうちに力んでいた体が緩む気がした。

ロマンスグレーの侍従に、ニアミリアは保護者に付き添われているようなくすぐったさを覚える。

「そうね、有意義だったわ。王妃殿下も顔を出してくださりましたし」

ウェンディのクラウディアに対する態度には驚いたものの、ニアミリアが何かしらの被害に遭ったわけでない。

ただ二人の対立は気に留めておいたほうがいいだろう。

「ハーランド王国では王族派と貴族派で対立しているのでしたわね」

「さようでございます。婚約者候補であるクラウディア嬢のリンジー公爵家は、中立の立場を保っています」

「王族派のルイーゼ様とも貴族派のシャーロット様とも仲が良さそうでしたわ」

「ウェンディ嬢とは距離がありましたかな?」

「距離というより、完全に敵対していたわ。事前情報と違ったのはここだけね」

ハーランド王国を来訪するにあたり、貴族間の情報は集めていた。中でも婚約者候補に重きを置いたのは言うまでもない。

事前情報ではクラウディアとウェンディに距離はあるものの、あからさま対立はないとのことだった。クラウディアが中立ならば、対立する理由がないのにも頷けた。

「なるほど、状況が変わるようなことがありましたか」

「クラウディア様をはじめ他のご令嬢方も戸惑っていらしたから、変化は大きかったみたいだわ」

ニアミリアは文面での情報しか知らないが、実際にウェンディを知っている者にとっては衝撃的だったようだ。

「敵意を見せていたのはウェンディ様だけで、派閥で争っている感じではなかったわね」

「しばらく注視していたほうが良さそうですな」

頷きで応えつつ、更にダートンと共有したい話題を思いだして頬が緩む。

「そうだ、話は変わるのだけど、クラウディア様も体を鍛えておられるようなの！」

お茶会で盛り上がった話を聞かせる。

実は、この手の話題がハーランド王国で受け入れられるとはニアミリアは思っていなかった。

ハーランド王国の令嬢にとって体を鍛えるなんて想像だにしないことだと考えていたからだ。

それが完璧な淑女と名高いクラウディアの興味を引けたのである。

ライバル関係にあるとはいえ、知り合いの少ない地で打ち解けられる人がいるのは嬉しかった。

「早速試してくださるって言っていたわ」

「監督がいない中で鍛えられるのは危ないのではありませんか？」

「あのね、下手すると体を壊すような方法を教えるわけないでしょう!?　でもクラウディア様なら加減できると思うわ」

「熟練者だと？」

「ダートンが言うと、どうしても戦士の話をしているように聞こえるわね」

何を隠そう、執事を務める前のダートンはパルテ王国が派遣する傭兵として各地を渡り歩いていた。

名の知れた彼を隊長職に迎えたいという声は跡を絶たなかったが、有能な上に多才だった彼は結果としてベンディン家の執事となった。

今もなお鍛えられている肉体には、無数の傷跡があることをニアミリアは知っている。

屋敷の使用人たちから、彼が鬼教官と呼ばれていたことも。

それでもニアミリアにとって、ダートンと過ごす時間は癒やしだった。

彼だけが自分のことを「ニナ」と呼んでくれるからだ。

「筋肉や体の動きにお詳しそうだったの。ご本人も綺麗な姿勢を保たれていたし、あれは体幹がしっかりしている証拠よ」

「ニナ様がおっしゃるなら間違いありませんな」

「ダートンほどの審美眼はなくてよ」

「おやおや、それでは困ります。目が衰えておられるようなら鍛え直しますか？」

「わたくしの判断に間違いはないわ！」

鬼教官が青い瞳を光らせるのを見て慌てて前言撤回する。

ニアミリアにとって、ダートンは師匠でもあった。

本来なら免除される訓練も、ニアミリアは父親の方針で独自のメニューをこなしていた。そのメニューを組み、指導にあたったのがダートンだったのだ。

使用人たちが隠れて口にする「鬼教官」の姿を、ニアミリアは実際に経験していた。

「はぁ……隙あらば容赦なく指導しようとするのは、あなたの悪いクセよ」

「私は自分にできることをしているまででございます」

苦言が全く響いてない様子に頬が引きつりそうになる。

親子以上に歳の離れた侍従を扱うのは、まだまだ骨が折れそうだった。

悪役令嬢は王太子殿下と問題に立ち向かう

空高くある太陽が、地面に馬の影を描く。

揺れる馬車の中には二人の高貴な男女がいた。

「こうしてシルと王都を離れることになるとは思いませんでしたわ」

「表向き、ディアはここにおらぬがな」

馬車には王家の紋章が施され、周囲は馬に乗った騎士たちによって固められている。

クラウディアはお忍びで、公務へ出掛けるシルヴェスターに便乗していた。

地位にとらわれず自由に動くためには身分を隠すしかなく、クラウディアが王都を出たことは秘匿されている。

自由への対価として危険度は増すけれど、できる安全対策は全てとっていた。

二人の目的は、等しく情報収集だ。

途中で別れることになるが、各々でパルテ王国との戦争回避に向けた情報を集める予定だった。

といってもクラウディアのほうは知見を広める意味合いが強く、表立って活動するわけではない。

「王都の事件についてはルキに任せたのか」

「ええ、蛇の道は蛇。彼らのほうが荒事には詳しいですから」

王都の事件とは、娼館帰りに貴族が強盗殺人に遭った件だ。

被害者は貴族派で、ウェンディは犯罪ギルドを使った襲撃事件だと言い、黒幕はクラウディアだと糾弾した。

何故そのような言いがかりをつけられたのかはわからない。

けれどウェンディが根拠を持って動いているのは確かだった。

彼女の発言に事実も含まれているとなれば検証する余地はある。

「新しい犯罪ギルドの発足、そのトップがわたくしであることは事実です。だからといってウェンディ様が持っている情報が全て正しいとは限りませんけれど」

現に襲撃事件の黒幕がクラウディアだという部分は完全な言いがかりだ。

それで見過ごしそうになるが、犯罪ギルドを使ったという点は否定しきれない。

よその犯罪ギルドが動いた可能性はあり、警ら隊ではその線を追うのが難しかった。

「ルキの働きに期待か」

「本人はとても乗り気でしたわ」

誰かから命令されるのは嫌がりそうなのに、予想に反してルキは快諾した。

彼に任せても何もわからなかったら、クラウディアとしては諦めるしかない。

「ウェンディ嬢がどこから情報を得たのか知りたいところだな」

「請うても教えてはいただけないでしょうね……」

アラカネル連合王国との結託については、クラウディアの商館が現地にあることから、いくらでも邪推できる。

だが犯罪ギルドとの繋がりだけは令嬢の想像の域から逸脱していた。

「彼女の周辺を洗わせてはいるが、核心に迫るには時間がかかる」

調べているのを勘付かれたら情報源に逃げられるため、捜査は慎重を期した。

「こうも立て続けに問題が起こると天を仰ぎたくなりますわね」

きまぐれな神様に試されているのか。

どちらかというと脱力したい気分のほうが勝っているけれど。

「ウェンディ嬢の件は無視もできるが、王族派であるトーマス伯爵が関わっているとなると厄介だからな」

リンジー公爵家は中立だが、クラウディア自身はパーティーで王族派に囲まれている。

それでもトーマス伯爵はクラウディアが気に入らないらしい。

「ニアミリア嬢のことは、トーマス伯爵からウェンディ嬢へ情報が流れたのだろう」

あの場で新たな婚約者候補について知る者は限られる。

反対派は認めたくない故に口を噤むが、賛成派は逆に緩くなるものだ。

「トーマス伯爵は貴族派と手を結ぶでしょうか？」

「リンジー公爵家の権力を削ぐためなら、その一点においてだけ手を結ぶかもしれぬ。下手をするとパルテ王国ともな」

「パルテ王国ともですか？」

「あの老獪のことだ、ディアとニアミリア嬢が潰し合って、ルイーゼ嬢が婚約者におさまることを狙っていても不思議ではない」

パルテ王国のことを、所詮は小国と侮っている節があるという。

「ニアミリア嬢が邪魔になれば、戦争になったとしても潰せると楽観視しているのだ。被害者が出ることを一切考えておらぬ」

「ご自身の領地に関すること以外は他人事ですのね」

トーマス伯爵家の領地は国境から離れた中部に位置するため危機意識がないのだろう。

「戦争に対する志では、我が国の貴族よりパルテ王国民のほうが高いかもしれぬな」

貴族全員がトーマス伯爵と同じ考えではない。

しかし平和が続いているハーランド王国では、戦争を自分のことのように考える意識が低くなっている現実があった。

クラウディアも本で読んだ知識しかない。

だから今回、パルテ王国との国境があるサスリール辺境伯領を訪ねることにしたのだ。

「ディア、視察が有意義なものになることを私も願うが、くれぐれも無理はしないでくれ」

「心得ております。お兄様からも散々言われましたわ」

戦争という二文字がちらついている以上、パルテ王国へ対しては警戒レベルが上がる。

それでもまだ外交段階にあり、パルテ王国の軍は動いていない。

クラウディアが滞在する予定の町から国境までにはいくつもの砦があり、仮に戦線が開かれたとしても、すぐに脅威が迫ることはなかった。

現場を見て経験を積むという意味では、今が絶好の機会でもあった。

「少しでも危険を察したら帰ります。それに同行している者たちが滞在を許さないでしょう」

この馬車には二人だけだが、周りを囲む護衛騎士たちの後ろにも馬車が連なっていた。

ちなみにいつも通りシルヴェスターにはトリスタンが同行しているのだが、途中までクラウディアが同乗すると決まった結果、後続の馬車へ移動させられた。

「だといいのだがな。ディアに強く言われると、拒める者がいなさそうなのが考えものだ」

「逆を言うなら、同行者を危険に晒してまで無理はしませんわ」

「なるほど、そちらのほうが納得できるな」

「わたくし無茶をした覚えはないのですけれど？」

「その通りだが、君は行動力があるからどうしても釘を刺したくなる。今、サスリール辺境伯領を視察しようと考える令嬢は君ぐらいなものだろう？」

「今だからこそ得られるものがあると思うのです」

平時では意味がない。

緊張を強いられる空気があるからこそ、クラウディアは視察を決めたのだった。

「ディアの言い分はわかる。私も良い機会だと思うしな」

ハーランド王国内においては脅威がないことをシルヴェスターも理解していた。

経験を積むという意味では、いつもと違う状況が重要になる。

「だからといって心配はなくならない」

そっと手を握られる。

花に触れるような優しい力加減に、いつもはキツい目尻が下がった。

「ふふ、心配はお互い様ですわね。シルも無理はしないでくださいませ」

クラウディアも手を握り返す。

伝わってくる体温は、お互いを鼓舞するようでもあった。


シルヴェスターの公務先である王家直轄領に着いたのは、星が瞬く夜だった。

近年、貴族から返還される形で王家が治めることになったこの領地は、クラウディアの目的地であるサスリール辺境伯領と隣接していた。

爵位と共に領地を返還した貴族の名前は、ホスキンス伯爵。ヘレンの生家である。

クラウディアはここでシルヴェスターと別行動になる予定だが、サスリール辺境伯領へ行く前に休息のため寄ることとなった。

滞在先は元ホスキンス伯爵の屋敷だ。

クラウディアのために部屋を整えながらヘレンがぽつりと零す。

「殿下の公務は、新たな王家直轄領の視察だったんですね」

「ええ、だけど実際はパルテ王国から送られてくる情報をいち早く受け取り、現地で動いている者たちに指示を出すのが目的よ」

王都にいては、情報が届くまでにどうしても時間がかかってしまう。

シルヴェスターとしては最前線であるサスリール辺境伯領に留まりたいところだが、貴族制度が邪魔をした。

貴族は領地での王家の介入を嫌う。

どんな理由であれ自分の働きが信用されていないと感じ、不信感を抱くのだ。

信頼関係を重視すれば、王家といえども強くは出られない。

そのため目眩まし用の公務が必要だった。といっても公務に変わりはなく、こちらも正式におこなわれる。

一応公務の最後には、シルヴェスターもサスリール辺境伯に挨拶する予定だ。

「こうしてまた領地を訪れられるとは思いませんでした。いえ、元領地ですね」

ベッドメーキングを終えたヘレンが窓へ顔を向ける。

真っ暗な外は、どれだけ目を凝らしても何も映さない。

でもヘレンにはありし日の光景が見えているようだった。

クラウディアは、そんな彼女の横顔を静かに見守る。

屋敷では、元ホスキンス伯爵の使用人たちがそのまま起用されていた。

彼らはヘレンのことを覚えていて、思いがけない再会に涙を流して喜んだ。

「もう忘れられていると思っていたので驚きました」

「みんなヘレンのことが好きだったのね」

ヘレンの性格を考えれば納得だ。きっと領地でも使用人に優しかったのだろう。

そしてそれはヘレンだけじゃなく。

元ホスキンス伯爵家の人々が爵位を失っても幸せに暮らしていると知った使用人たちは、心から安堵していた。

「元ホスキンス伯爵の統治は、領民にとても愛されていたのね」

「そう思っていただけますか？」

「でなければ、ヘレンの姿に目を潤ませたりしないわ」

元ホスキンス伯爵は資金繰りに困り、爵位を返上するに至った。

実入りの少ない領地運営に詰まったからだが、だからといって領民に過度な税を課すこともなかったのである。

切り盛りする才がなかっただけで、悪政をおこなっていたわけではない。

領地返上時の聞き取りでも、領主に対する評価は悪くなかったとシルヴェスターは言っていた。

「っ……父も、聞いたら喜ぶと思います」

「ええ、帰ったらたくさん話してあげて」

言葉を詰まらせるヘレンを抱き締める。

震える背中を撫でると嗚咽（おえつ）が聞こえた。

——最初は滞在するか悩んだ。

移動手段である馬のために休息は必要だとしてもヘレンが嫌がると思ったからだ。

クラウディアが消極的に提案すると、むしろヘレンは行きたがった。

王家を信用していないわけではないけれど、領民たちが不自由なく暮らせている様子を自分の目で確かめたいと言われればクラウディアに否はない。

明日、朝の時間だけではあるもののヘレンと近場を見て回る予定だ。

「案内は任せるわね」

「はい、クラウディア様にご覧に入れたい景色があるんです」

「まぁ、それは楽しみだわ」

「特別なものではないので、あまり期待しないでください」

「でもヘレンにとっては思い入れのある景色なのでしょう？　だったらわたくしにとっても特別だわ」

娯楽を求めて滞在しているのではないのだ。

ヘレンと気持ちを共有できるほうが、クラウディアにとっては何より大事だった。


翌朝、玄関を出ると眩しい日の光に出迎えられる。

明るい日差しの下で見る屋敷は、夜に感じた印象と大差なかった。

歴史を感じさせる堂々とした佇まい。

風化し、崩れてしまっている装飾もあるけれど、往年の存在感は未だ残っていた。

ただ補修が終わりきっていないらしく、工事用の足場が目立つ。

「行政官がそのまま屋敷を使ってくださっていて感謝の言葉もありません」

同じところを見ていたのか、ヘレンがそう口にする。

王家直轄領には領主代行として王家から行政官が派遣された。

文官のエリートとして知られる彼らは決して無駄なことをしない。

穿った見方をするならば、元ホスキンス伯爵の屋敷を残したのは利用価値があるからだ。

(そしてその価値をつくったのも元ホスキンス伯爵だわ)

もし屋敷が領民にとって悪の象徴なら、早々に取り壊されていただろう。

これも目に見えない元ホスキンス伯爵の功績だとクラウディアは思う。

けれどそれだけでは領地運営ができない難しさも痛感していた。

(このままでは哀愁に浸ってしまいそうね)

気持ちを切り替えるために、わざと違う話題を振る。

「晴れて良かったわ」

んーと伸びをしながら呼吸すれば、肺が清らかさで満たされる。

隣に立つヘレンがそわそわしているのを見ると頬が緩んだ。

「あの、よろしいのでしょうか？」

「侍女が午前中の休みをどう過ごそうか自由よ」

「ですがクラウディア様までそのようなふりをする必要は……」

「フリと言っても、ヘレンとお揃いのワンピースを着ているだけじゃない。それにわたくしは文官よ？」

公爵令嬢は王都にいて、ここにはいない。

屋敷では身分ある文官を装い、ヘレンの友人であることをアピールしていた。

友人同士で出掛けるのに問題はないはずだが、ヘレンはクラウディアが質を落とした服を着ていることを気にしていた。

飾り気のない茶色いワンピースは生地が粗いだけで着心地は悪くない。

装飾がない分、頭から被るだけで着られるので着脱については楽過ぎるくらいだ。

靴もヒールが全くないぺたんこ靴だった。

動きやすいよう、髪もポニーテールにしている。

「この手軽さを覚えてしまったら、ドレスを着るのが億劫になりそうだわ」

「確かに楽ですよね……」

元伯爵令嬢であるヘレンも、ドレスの煩雑さには思うところがあるらしい。

「クラウディア様を着飾らせるのはとても楽しいんですけど」

「他人事だと思って。あと、こちらにいる間は『ディー』って呼ぶようにね」

クラウディアという名称は珍しいものではない。

だとしてもシルヴェスターの近くにいれば、どうしても公爵令嬢の名前として受け取られてしまうため、人前では愛称で呼ぶことを決めていた。

「はい、復唱」

「で、ディー」

「……」

言わせておきながら、恥じらうのを隠せない姿に言葉を失う。

じわじわと頬が熱くなるのが自分でもわかった。

「は、恥ずかしそうに呼ばれたら、こちらが照れるじゃない！」

「そう言われましても!?」

二人して顔を真っ赤にしていると、しびれを切らした第三者から声がかかる。

「あのーお邪魔するのは大変心苦しいんですが、出発しないと時間がなくなってしまいますよ？」

「さぁ我が君、お手をどうぞ」

ブライアンが苦笑しながら頭を掻く横で、レステーアは軽く腰を折った。

今日は青髪ではなく、ウィッグの黒髪をさらりと揺らす。

念のためレステーアも身分を隠し、ブライアンに合わせて商人を装っていた。

グレーのベストと茶色のパンツ姿で身を包みベレー帽を被っている。地味な色合いだが、流石というかこれはこれで様になっていた。豪商の息子だと言われれば、誰もが納得するだろう。

彼ら二人が、サスリール辺境伯領へ向かうクラウディアの同行者だった。

そもそもクラウディアが存在を隠しここまで来られているのは、ブライアンのおかげだ。

エバンズ商会の行商を隠れ蓑（みの）にしたのである。

エバンズ商会の護衛を務めるのは、傭兵に扮したリンジー公爵家の騎士たちだ。

本来ならコストを考えて必要最低限に抑えられる護衛の数も今回ばかりは大盤振る舞いだった。

ただ多くても悪目立ちしてしまうため、そのほとんどは商品運搬用の馬車で待機している。

そして視察の準備をしていくうちに、レステーアの同行も決まった。

ブライアンの前では体裁を取り繕うのを止めたレステーアを見て、クラウディアは溜息をつきたくなる。

最初はラウルの側近であるレステーアの同行を訝しんだブライアンだったが、クラウディアが大丈夫だと言えば即座に納得した。そこにブライアンの忠心を見たのか、レステーアは我を隠さなくなったのだ。

「仕方ないわね、出発しましょう」

レステーアにエスコートされて、エバンズ商会の馬車に乗る。

隣の席にヘレンが座り、クラウディアの正面にはレステーアが、ヘレンの正面にはブライアンが座った。

「全てが懐かしく感じます」

昨晩と同じように窓の外を眺めるヘレンの表情は晴れやかだ。

クラウディアですら哀愁を感じたのに、その面影はまるでない。

「このままヘレンはシルに同行してもいいのよ？」

「とんでもない！　わたしはクラウディア様と一緒にいます！」

よかれと思ってした提案も、頭を振って断られた。

「少し見て回れるだけで十分です。屋敷にいる間に話も聞けましたから」

満足げにヘレンは微笑む。

もう彼女の中では区切りがついているらしい。

天気同様、晴れ晴れとした姿に、反対側に座るブライアンも優しい笑みを浮かべていた。

窓から見える景色は、素朴の一言に尽きた。

広がる田園地帯に、ぽつぽつと立つ人影。

リンジー公爵領と違うのは、山が近いことだろうか。地平線が見えることはなく、平野にはすぐ終着点があった。

ヘレンがクラウディアに見せたいといった場所も小高い丘だった。

傭兵に扮した騎士たちが先行し、念のため安全を確認する。

「頂上まで歩きますけど時間はかかりません」

伯爵令嬢だったヘレンが訪れていた場所だけあって、頂上までの道も簡単にだが整備されている。

「ヒールでなくてちょうど良かったわ」

「そうですね、人の手が入ってますけど土は軟らかいですから」

なだらかな坂道を上がったところで、木が密集している場所に着く。

クラウディアの目にはそう映ったのだが、更に近付くと間違いであることに気付いた。

「なんて大きな石なの……！」

木々の間を通り抜けると、自分の三倍ほど高さのある巨石が姿を見せる。

木は、巨石の周囲に生えているに過ぎなかった。

「ふふ、驚かれました？　しかもこの巨石には謎があるんです」

「謎が？」

我が意を得たりとヘレンは楽しそうに頷く。

「普通なら元からここにあったと考えますよね？　だけどこの巨石だけ、周囲にある石と種類が違うんです」

「まさか……運ばれてきたというの？」

それが難しいことは一目瞭然だった。

巨石に継ぎ目がないことから、丸々一つの石であることがわかる。これだけ大きなものを人が運べるとは思えない。

馬や牛を使おうにも、重みで先に土台が壊れてしまうだろう。

「どうしてここだけ石の種類が違うのかは、わかっていないんです。偶然ここだけ違う石ができたのかもしれません。学者さんが来て調べたこともあるんですけど、解明できませんでした」

ヘレンは懐かしそうにごつごつした岩を撫でる。

「子どもたちの遊び場でもあるんですよ」

巨石はなだらかな台形になっており、上部の面積が小さい。

表面には足をかけられるほどの凹凸（おうとつ）があるため、子どもがよく登って遊んでいるという。

「この高さを⁉」

「驚きますよね。わたしもはじめて訪れたとき、石の上から声をかけられてビックリしました」

ヘレンも登ってみたかったが侍女が許してくれなかったという。

「本当だ、見た目以上に登りやすい」

試しにとブライアンが足をかける。

聞けば安全確認のため、騎士も登ったという。

「わたくしも登れるかしら？」

「お止めくださいね」

「ヘレンも一緒にどう？」

「魅力的なお誘いですが、騎士たちが全力で首を横へ振ってます」

「ぼくが足場になりましょうか？」

「お断りするわ」

レステーアの提案に、今度はクラウディアが首を振る。そこまでして登りたいわけでもない。

改めて巨石を見上げ、ほう、と息をつく。

「ヘレンは特別なものではないと言っていたけれど、十分特別な景色だと思うわ」

「あ、目的地はここではないんです」

「そうなの？」

てっきり巨石を見せたかったのかと思っていた。

違うと言われて首を傾げる。

「もう少し先に見晴らしの良い場所があるんです」

ヘレンに案内され、一同は足並みを揃えて歩きだす。

巨石の奥には、まだ坂道が続いていた。

辿り着いた頂上には木がなく、周囲の風景が一望できる。

視界を遮るのは背後にある巨石ぐらいだ。

馬車から眺めたのと同じ、何の変哲もない田園風景が広がっている。

「これがお見せしたかった景色です」

ヘレンが言っていた通り、確かに特別なものは何もなかった。

けれど胸に抱いていた感情は理解できた。

涼やかな風がまとめた髪を撫でていく。

ほっと肩から力が抜けるような景色には、クラウディアも覚えがあった。

領地に帰ると時間の流れがゆっくり感じられる感覚と似ている。

王都の慌ただしさから離れた令嬢時代のヘレンも、自分と同じだったのかもしれない。

「とても良い景色だわ」

心からの言葉はヘレンにも伝わったようで、嬉しそうな笑みが返ってくる。

「平凡だから安らげるというか、何もない日常の大切さを教えられている気がするんです」

特別なことがなくてもいい。

ただ時間の流れに身を任せているだけでも構わない。

ありのままでいいのだと許されている気分になるのだとヘレンは語る。

（美しい人）

景色を眺めるヘレンの横顔は慈愛に満ち、溢れた愛が光となって煌めいていた。

逆行前から好きだった表情に胸が熱くなる。

いつ、どこにいても、ヘレンは変わらない。

一緒にいられることが、ただただ嬉しかった。

「そして、そんな生活を守れたらと思っていました」

貴族として領主として、領民の平凡を守りたいと。

結局は叶わなかったけれど、今は王家が守ってくれている。

全く変わっていない景色が何よりの証拠だった。

「この国に生まれて良かったと、昨日屋敷で元の使用人たちから話を聞いて実感しました」

だから、とヘレンがそっとクラウディアの手を取る。

「わたしはクラウディア様と共に行きます」

自分の意思で行動するのが許されるなら。

今ある日常を守りたい。

ヘレンの瞳が正面から青い瞳を見つめる。

クラウディアの答えは決まっていた。

「ありがとう。これからもよろしくね」

「はいっ、全身全霊をかけて仕えさせていただきます！」

ここには見知った者しかいないので、すっかりヘレンは侍女の顔だ。

けれど逆行後に再会したときの寂しさはもうない。

今ではすっかりヘレンは侍女であり、友人であり、お姉様だった。

だから同じ景色を見られるのだ。

友人としての顔は、次の場所に期待する。

「では商店街のほうへ向かいましょうか」

「焼きたてのパンがいただけるお店にご案内しますね」

「そこでは『ディー』と呼ぶのよ？」

「う、はい……」

早くも照れるヘレンにつられて、クラウディアも面映ゆくなる。

胸がくすぐったくて仕方ない。

けれど慣れてしまったら、これも感じられなくなる。

（慣れたいような慣れたくないような）

何とも言えないワガママを抱いたまま、クラウディアは丘をあとにした。

暗殺者は軽やかにステップを踏む

夜の繁華街は人でごった返していた。

付近で未解決事件があったことなど、誰も気にしていない。

相変わらずフードで顔を隠したまま、ルキは器用に人混みをすり抜けていく。

先日、犯罪ギルド「ローズガーデン」のトップであるローズから命令が下った。

そのときの光景が脳裏に蘇ると頬が緩む。

(命令っつーより、依頼だったなアレは)

実際の運営はベゼルがやっているにしても、ローズがいなければ今頃どうなっていたかわからない。助けられた恩を忘れるほど、構成員たちもバカではなかった。

好きに構成員を使えるにもかかわらず、ベゼルとルキを前にしたローズは相談を持ちかけてきた。

「娼館の帰り、貴族が強盗殺人にあった事件は知っているか?」

男装の麗人ローズとなったクラウディアは口調も変える。

たまに義母兄であるアラカネル連合王国の王太子スラフィムの影武者を務めるルキは、その違和感のなさに舌を巻いた。

(作ってる感じがまるでねぇんだよな)

完璧な淑女としてのクラウディアも知っているだけに驚きだった。

「ああ、警ら隊が手を焼いてる事件だな。ウチにも聞き込みがあった」

ベゼルが顎に手を置きながら答える。

最初は謙っていたベゼルだったが無理をしているのがバレて、今では素で対応している。

「気になるのか？」

「事件の背景が知りたい。ただの通り魔なら、それはそれでいいのだが」

「ふむ、警ら隊が追えてねぇってことは、何か普通とは違うことがあるんだな」

物取りは大抵、盗んだものを換金することで足がつく。

闇取引はもちろん存在するが、警ら隊だって怪しい場所は目を光らせていた。

独自に盗品を捌けるルートを持っている奴がおこなう犯行は計画的だ。

果たして事件は衝動的だったのか、計画的だったのか。

ローズが気になっているのは計画的だった場合の被害者貴族の事情だろう。

「警ら隊より君たちのほうが裏事情に詳しい。君たちの視点から、気付くことはないだろうか？」

「今まで気にしてこなかったからなぁ。ルキは何かあるか？」

「いんや。ローズの姉御が気になるって言うなら、おれらで調べればいいんじゃゃね？」

頼めるか、と訊いてくるローズにルキは噴き出しそうになった。

「任せとけ。国の管理下に置かれたとはいえ、元はおれらの縄張りだったところだ」

公娼が設立され、娼館は犯罪ギルドの手から離れた。

けれどつい最近まで仕切っていたのは自分たちだ。働いている娼婦の顔ぶれも変わっていない。

「では、頼む。危険を察知したときは、すぐに手を引いてもらって構わない」

「りょーかい」

ニヤつく顔を隠せないままローズを見送る。

ベゼルはポーカーフェースを保っていたが、心境は同じようだった。

つるりとしたスキンヘッドを幾度となく撫でている。

「何だかくすぐってぇなぁ」

「でも悪くないだろ」

「ああ、悪くない」

空気の滞った地下室でニヤリと笑い合う。

ナイジェル枢機卿の支配下にあったとき、命令は問答無用だった。

しかも内容に至っては慈悲のかけらもない始末だ。一体、何人の構成員が犠牲になったことか。

それがローズに代わってから、こうだ。

「頼めるか？　だもんなぁ」

こちらに選択権があるかのような口振りだった。いや、実際にあるのだろう。

社会からも決め付けられるのが当たり前なルキたちにとっては耳を疑うような言葉だった。

思いだしただけで笑みがこぼれる。

（姉御に任せて良かった）

あれから構成員は一人として欠けていない。

「さて、とりあえず姉さんたちと話してみるか」

娼婦には警ら隊も聞き込みをおこなっているだろうが、素直に客の情報を渡すようでは商売が成り立たない。どこも客からの信用が第一だ。

だが相手がルキなら、身内意識から口が軽くなりやすかった。

娼館へ足を向けたところで慌ただしい空気を感じ、振り返る。

「ルキっ、トーヤがヤラれた！　一つ向こうにある通りの酒場だ！」

「あぁ？」

構成員がならず者に倒されたと聞き、黒いマントを翻して現場へ向かう。

現場の酒場からは客が引き、すぐに件のならず者たちを見つけることができた。

店を占領し、調子良く酒をあおっている。

「トーヤは回収済みだ。幸い、まだしぶとく生きてるよ」

「生命力があいつの取り柄だからな」

仲間の無事を確認したところで、ルキは相手の観察に集中する。暗殺業をする上で事前調査の重要性は身に沁みていた。

酒場にはローズガーデンの構成員が集まってきていたが、全員がルキのサポートに回る。それだけルキの力は信頼されていた。

（四人組か。素人じゃねぇな）

無駄に周囲を威圧する姿に、自分たちと通ずるものを感じる。

ケンカ慣れした大柄な見てくれに、極めつきは体にあるタトゥーだった。

腕のどこかしらに全員同じ模様が入っているのを見て、よその構成員だと確信する。

犯罪ギルドは所属を証明するためにタトゥーを用いることが多い。

ローズガーデンにその決まりはないが、それでも最近はバラのタトゥーを入れる構成員が増えている。構成員にとってタトゥーは誇りでもあった。

貴族が掲げる家の紋章と認識は近い。

組織を統轄する側としては、タトゥーを入れることでより構成員としての自覚が生まれ、結束力も高まるため活用しない理由がないのだ。

(欠点はこうして身元がバレやすいことだな)

だがそれも逆に作用する場合がある。

船乗りたちが海難事故で身元が判別できない遺体になった場合に備え、目立つタトゥーを入れるように。

犯罪ギルドの構成員の死に様など悲惨なものだ。

陸上であっても身元がわからなくなることはままあった。

(しかしよその構成員か。抗争目的か、ただのバカのどっちだ)

横の繋がりがない犯罪ギルドでも、暗黙の了解は存在する。

一番が、よその縄張りを荒らさないことだ。荒らすときは抗争ありきと考えられる。

だがいかんせん下っ端になればなるほど、それを無視するバカもいた。

なまじっか所属する犯罪ギルドに誇りを持っていると、自分たちが一番強いという幻想を抱いてしまうのだ。

（自分の縄張りにいる間は問題ないけどよ）

一歩外へ出れば、それが火種になる。

相手は前者か後者か。

（大方、どっかのバカだろうな）

ローズガーデンが発足して一年。

まだ真新しい名前だが、その組織図は前組織ドラグーンと変わらない。

依然として王都を中心に周辺地域の裏社会を牛耳っていることは、警ら隊をはじめ他の組織も知っている。

一大勢力であるローズガーデンにケンカを売ろうという組織はそうそういない。

いたらいたで好戦的な組織があると情報が入ってくるものだ。

現在そういった動きは見られなかった。

（トーヤをヤるぐらいだ。力じゃ勝てねぇか）

酒場の用心棒を務めるトーヤは、構成員の中でも力自慢だった。

それを倒した力量は認めざるを得ない。

だからといって、やりようがないわけでもなかった。

「王都のヤツらも大したことねぇなぁ！」

「そうかよ」

がはは、という男の笑い声が届いたときには、床に転がっていた空の酒瓶を手にしていた。

突如現れた存在に緊張が走るよりも早く。

ルキの手にあった酒瓶の破片がキラキラと宙を舞う。

手前に座っていた男の後頭部を殴りつけるなり、ルキは破片が残る男の髪を鷲掴みにした。

「テメェの体は丈夫らしいが、頸動脈はどうだ？」

同時に、手元に残った酒瓶の鋭利な部分を首へ押し付ける。

どれだけ鍛えていても人間の急所は変わらない。

またどうやって人は動くのか、体の仕組みをルキは熟知していた。

時間と共に男の首筋からは血が滲んでいく。

命の危険を本能で察したのか、男は動きを止め、唇を戦慄(わなな)かせた。

「なっ、なっ」

「少しでも動くと死ぬぞ？　おれは構わねぇけどな」

冷えたルキの視線が男から仲間たちへと一巡する。

光のないグレーの瞳に、酒の入った頭でも全員が察した。

目の前の男は本気だと。

躊躇なく人を殺せる人間だと理解する。

ルキは力自慢のトーヤに比べて細身だ。実際、腕力ではトーヤに勝てない。

だが戦闘においてはルキのほうが上だった。

相手を殺す術に関しては、ローズガーデンで右に出る者はいない。

黒装束の死神が笑う。

「ここをどこだと思ってるんだ？　よそ者が好き勝手できるわけねぇだろ」

言うなり手元の酒瓶を動かし、対角線上になるよう男の頭を二度叩きつけた。

どれだけ巨体を誇っていても、脳を揺らされると人は弱い。

当たり前のように脳しんとうを起こした男には目もくれず、ルキは黒いマントの裾を踊らせる。

仲間に呼ばれた時点で、全員を無傷で帰すつもりなど毛頭なかった。

動いたルキに男の仲間たちも抵抗を試みるが、一手遅い。

ルキの手元で光が動く。

「なぁ、ここをどこだと思ってるんだ？」

同じ問いが発せられると、ルキの一番近くにいた人物が叫声と共に床へ頽(くずお)れた。

両足のふくらはぎにはナイフが突き刺さっている。

常日頃からルキは丸腰で出歩かない。

残っている男の仲間が口から泡を飛ばす。

「ひ、卑怯だぞ！」

「生きるのに、卑怯もクソもあるかよ」

酔っ払い同士のケンカなら得物は御法度だろう。

しかし彼らが潰したのは、横暴を見かねて退店を促したルキの仲間だ。

「先に一線を越えたのはそっちだろうが」

「オレらの組織が黙ってねぇぞ！」

「あははははっ」

遂に出たフレーズに笑いを止められない。

（こいつらは正真正銘のバカだ）

自分たちの状況をまるで理解していないのだから。

ルキが笑いを堪えられず動きを止めたのを見て、武器を手にする姿も滑稽だった。

二人でならルキを倒せると思っているのだろう。

（お花畑にもほどがあんだろ）

よその縄張りに来て、何故姿を見せている者しか敵はいないと考えられるのか。

彼らが取り囲まれていないのは、ルキの邪魔をしないよう仲間が控えているだけだというのに。

男たちが身を低くする。

相手を襲う前の予備動作を見たルキは、口角を上げて言い放った。

「わかってないようだから教えてやるよ。ここはローズガーデンの縄張りだ」

聞こえていないのか、ルキを襲うのに必死なのか、止まることなく一人は手にした酒瓶を振るい、
もう一人はナイフを突き出す。

雑な連携を崩すのは容易かった。

酒場にはテーブルと椅子がある。先に男たちが暴れたせいで、酒瓶や皿なども床に転がったままだ。平時は綺麗にされている床も、今は足場が悪かった。

にもかかわらず、男たちは力任せに攻撃するばかりだ。

安定感が崩れていることを当人たちは意に介していないが、動きには如実に表れる。

（まるで呼吸が合ってねぇ）

一緒に攻撃すればそれで良いと考えているらしく、連携の甲斐なく逃げ道はいくらでもあった。

口角を上げたまま身を引いて酒瓶を躱し、足元の椅子をもう一人へ蹴飛ばせばナイフは届かない。

続けざまに体を回転させ、空振りした酒瓶を持つ男の顎を蹴り上げる。体勢を崩した腹にもう一発。

ドタンッと鈍い音と共に床が揺れる。

あまりの手応えのなさに、ルキの表情からは笑みが消えていた。

残りは、あと一人。

目が合うと相手は顔から血の気を引かせたが、手加減する理由はなかった。

振り回されるナイフの軌道を読み、手首をねじ上げる。

「ぐあっ」

「もう一つ、良いことを教えてやろうか」

そのまま男の背後へ回ると耳元で囁きながらふくらはぎを踏みつける。

子どもの力でも大人を倒せる攻撃だった。そこへ大人の力が乗る。

「ひぎぃっ」

床に這いつくばる男の後頭部を掴み、強かに打つ。

「おまえらが消えれば」

もう一度、男の後頭部を持ち上げて打つ。

「誰も報告なんざ」

もう一度。

「できねぇんだよ」

他に仲間がいても、わかるのは酒場で騒動があったことだけだ。

推察はできても確証は得られない。

何故なら。

ここがローズガーデンの縄張りだからだ。

騒ぎに警ら隊が駆け付けていない現状を考えれば、よそ者が助けを求められないことぐらい察せられるだろうに。

この世には優先順位がある。

警ら隊も数に限りがあり、暇ではない。

貴族や一般人が絡むならいざ知らず、構成員同士の揉め事に介入する者などいないのだ。むしろ互いに潰し合えとさえ思っているだろう。

「まぁ確証もなくおまえらの組織がうちにケンカ売ろうってんなら話は別だがな？」

「いねぇだろ、んな組織」

意識を失った頭から手を離して立ち上がると、汚れを拭くためのタオルが仲間から差し出される。

ローズガーデンと抗争するなら、相応の力が必要だ。

男たちのタトゥーを見ても、すぐにどこの組織か思いだせないほどの規模なら相手にならない。

同盟を募るという手もあるが、確証のない争いに参加したい組織など皆無だろう。

「わからねぇだろ。バカの親玉もバカかもしれねぇ」

「バカが親玉なら、それこそ敵じゃねぇよ」

「それもそうか」

控えていた仲間がよそ者を縛りつつ懐を漁るのを見守る。

（消すのは、どこのヤツらか判明してからだな）

あの口振りからも犯罪ギルドの構成員なのは間違いないが念には念を入れたかった。

気を抜いてローズに迷惑をかけることだけは避けたい。

「お、そこそこ持ってんな」

「金持ってんなら普通に遊べよ……いや、金があるから調子に乗ったのか？」

思いの外、収穫があったらしく仲間の目が輝く。

壊れたものも多いので少しでも足しになるなら助かった。

中にはルキが壊したものもあり、罪悪感から店員と一緒に店を片付ける。

「気がデカくなっちまったのかねぇ。ん？　これって……おい、ルキ！」

手を止めて顔を上げると、仲間が真剣な表情をしていた。

「珍しいものでもあったのか？」

訊ねながら仲間の手を覗き込み、息を呑む。

「コイツら、何だってこんなもん持ってやがる」

「どうする？」

「事務所で話を訊くしかねぇな」

嫌な予感があった。

杞憂であればいいが胸がざわつく。

殺さず、話を聞ける状態に留めておいたのは不幸中の幸いか。

（姉御が気になっている事件といい、何か起こってるのは確かだ）

それもローズガーデンの縄張りで。

（こうなったらとことん調べてやる）

ナイジェル枢機卿の下で起こったことは、構成員たちに深い傷跡を残した。

だがローズのおかげで、みんな前を向けるようになったのだ。

（ようやくマシになってきたってのに邪魔されて堪るか）

自分たちの、そして何より恩人であるローズの行く手を阻む者は許さないとルキは拳を握った。

悪役令嬢は辺境伯領を訪問する

サスリール辺境伯領では、エバンズ商会が屋敷を用意してくれていた。

これを機に本格的な拠点を構えるとのことで、クラウディアが去ったあとは現在ある支部をこちらへ移す予定だという。

使用人がものを運び入れている間、クラウディアは居間で紅茶をいただく。

「ブライアン、何から何までありがとう」

「いえいえ、むしろお役に立てて光栄です！」

従業員寮としても使われることが決まっているからか、屋敷の部屋数は多く、貴族の邸宅と遜色がなかった。

(儲かっているわね)

エバンズ商会の販路は王都を中心に分布している。

辺境においてもこれだけの屋敷が買える財力は大したものだ。

おかげで同行した騎士たち全員がゆっくり休めそうで、クラウディアとしては有り難い限りだが。

「他にも必要なものがあったら言ってください。屋敷の使用人はみんな口が堅いので安心してもらって大丈夫です」

「エバンズ商会が保証してくれるなら問題ないわね。道中も快適だったわ」

シルヴェスターとは元ホスキンス伯爵領から別行動となるため、サスリール辺境伯領まではエバンズ商会の馬車だけでの移動だった。

装飾が少なく荷物の運搬を重視した造りであったものの、想像以上に乗り心地は悪くなかった。

「中で書類仕事をすることも多いんですよ。なので仕事が捗るよう、居心地の良さにも力を入れてます」

「なるほど、効率のための快適さだったのね」

「その通りです。不便がなかったようで安心しました。これから町へ出掛けますし、気になることがあれば遠慮なさらないでください。お二人も」

ブライアンが顔を巡らし、ヘレン、レステーアを見る。

目が合うと、ヘレンは律儀に頭を下げた。

「ご配慮ありがとうございます」

「我が君が満足されていれば、ぼくは問題ありません」

まだ日が高いうちに到着したこともあり、一息ついたところで視察へ向かう。

といってもクラウディアは基本馬車の中だ。

元ホスキンス伯爵領と違い、サスリール辺境伯領の町は人口が多い。

地理的には辺境でも、他国からの物流が盛んなおかげで都市が形成されていた。

不必要なトラブルを避けるためにもクラウディアは人目につかない選択をした。

「こうして眺めている分には、他の町と変わりありませんわね」

大通りには賑わいがあり、建物の並びも既視感がある。

違う点を挙げるなら、視界の奥に砦が見えることだろうか。

「もっと殺伐とした雰囲気が流れているのかと思いましたわ」

「通りを歩く方々の表情も穏やかですね」

ヘレンの答えに頷く。

ニアミリアが婚約者候補に加えられた件は公式に発表されたものの、国家間の事情までは詳しく説明されていない。

平民の暮らしに影響が出ていなくても不思議ではないけれど。

「パルテ王国民からの反感は伝わってないのかしら」

隣接する辺境伯領ともなると、ものだけでなく人の交流も盛んだ。

王都に先立って、不穏な空気が漂っていてもおかしくないとクラウディアは考えていた。

予想が外れたのはブライアンも同じだったようで、通りに視線を向けたまま首を傾げる。

「そのようですね、おれから見ても特別変わったところはなさそうです。レステーア嬢はどうですか？」

「我が君と同意見です」

「ですよねぇ」

今回、エバンズ商会を隠れ蓑として使うのとは別に、ブライアンを頼ったのにはもう一つ理由があった。

　クラウディアにはない商人としてのものの見方を参考にしたかったのだ。

　戦争には兵站(へいたん)が欠かせない。

　兵站とは後方支援の一つで、活動は物資の配給や整備など多岐にわたる。

　特に物資においては商人を介さず、自前で揃えるのは無理な話だった。

　エバンズ商会には紛争地帯を行き来している従業員もいると聞いて、独自の見解があるなら教えてほしいと事前に頼んでいた。

　ブライアン自身もサスリール辺境伯領には何度も来ているという。

「いつもと同じです。これは変ですよ」

「変というと？」

「危機感があまりにもなさ過ぎる気がします。表に出てないだけかもしれませんけど。商人ギルドへ行きましょう」

　あちらのほうが状況を掴めるだろうとブライアンが御者に行き先を告げる。

　商人ギルドは商人たちの組合だ。

　国内だけのものだが、行商人による情報網は侮れない。

「クラウディア様は念のため騎士の方と馬車で待機していただけますか？　商人ギルドには目敏(めざと)い人もいるので」

「わかったわ。わたくしの代わりにヘレンを連れて行ってもらえるかしら？」

「えっ、ヘレンさんをですか？」

ここでヘレンの名前が出てくるとは思わなかったのか、ブライアンが目を丸くする。

「わたくしの目になってもらうわ」

本当はクラウディアが出向きたかったけれど、ブライアンの助言は無視できない。

お忍びで来ている以上、存在は隠さねばならなかった。

サスリール辺境伯にバレたら、何故このタイミングで来訪したのか警戒されるだろう。

「かしこまりました。ブライアン様の侍女に扮させていただきます」

「え、え、あ……お、お願いします」

わかりやすく動揺するブライアンに笑みが漏れる。

ヘレンもどこか弟を見るような表情だ。

（完全にブライアンの恋心はバレているわね）

商売とは違い、こと恋愛に関してブライアンは顔に出やすいのでさもありなん。


商人ギルドは、レンガ造りの堅牢な建物に拠点を構えていた。

三階建てで、規則的に並ぶガラス窓の上部はアーチ形になっている。

正面に大きな看板が掲げられているため、文字さえ読めれば間違って入ることはないだろう。

ブライアンとヘレンを見送り、レステーアと二人になる。

「レステーアは何か気付いて？」

外交や裏工作は、レステーアの得意分野だ。

バーリ王国としても情報が欲しいためラウルは同行に許可を出した。

「違和感を覚えた程度ですね。明確な答えを出せず、申し訳ありません」

沈痛な表情と共に頭を下げるレステーアに苦笑が浮かぶ。

クラウディアとて町を回っただけで収穫があるとは思っていない。

「それだけで十分よ。わたくしには普通にしか見えなかったもの」

比較対象がないので予想が外れても、こういうものだと言われたら納得してしまう。

けれどブライアンとレステーアは「違う」と気付いたのだ。

二人と一緒で良かったと胸をなで下ろす。

「ぼくは我が君の予想もあながち間違いではないと思います。殺伐とは言わないまでも、今まで友好関係にあった相手から突然矛を向けられたんです。領民レベルでも慌てるなり、何らかの反応があって然るべきかと」

王都を含め、辺境伯領以外の地域ではパルテ王国との交流がほぼない。

そのため平民が外交に鈍感でも納得できた。

だがブライアンの部下がそうであるように、現地の行商人は頻繁に行き来しているのだ。

辺境伯領という他国と隣接している土地柄を考えれば、目に見える形で動きがあるものだとレステーアは語る。

「パルテ王国が戦争も辞さない構えであるなら尚更です。彼らの強さは中央より辺境伯の領民のほうが詳しいでしょう。友好関係を築いているうちは、領民にとって心強い味方であったはずです。パルテ王国が壁になってくれるおかげで、領民たちは平和に暮らせるんですから」

もしパルテ王国がなければ、紛争地帯を抑えるのは領民たちに他ならない。

「国交がなければ他人事だったかもしれません。けれど現実は違う。ぼくたちより領民のほうが事情に詳しくても不思議ではありません」

人の口に戸は立てられない。

けれど誰の目にも領民が危機感を持っているとは感じられなかった。

「ブライアン様には心当たりがあるようでした。商人の目線は平民に近いようでいて、俯瞰的に物事をとらえています。彼が情報を掴んできてくれるのを期待しましょう」

ルキに対しては思うところがあるレステーアだが、ブライアンのことは認めているようだ。

何が違うのかと考えた結果、ブライアンの人当たりの良さに行き着く。

商人の才がある彼は人心掌握が上手かった。誘導されていると気付いても悪い気がしないのだ。

これに関しては彼の人徳だろう。

男爵令息は張り切る

商人ギルドへは自分だけが行くと思っていたので、ヘレンが同行する展開に心臓が早鐘を打つ。

侍女を装い、ヘレンが一歩後ろをついてくると歩き方すら忘れそうだった。

（しっかりしろ！　良いところを見せるチャンス……というか、クラウディア様の期待に応えないと！）

ニアミリアが新たに婚約者候補として擁立された件は、王都にある商人ギルドの本部も驚かせた。

商人ギルドは、時としてどこよりも早く情報を握っていると自負している。

行商人によって得られた情報が各地域の支部へ上がり、すぐさま王都の本部へ集められるからだ。

情報は鮮度が命である。

けれど今回に限っては、その情報が間に合わなかった。

本来なら早馬を使ってでも報されるべき情報がなかったことで、王都の組合長はサスリール辺境伯領の支部に不信感を抱いている。

それもそのはずで、パルテ王国からの使節団は必ずサスリール辺境伯領へ寄り、移動中に必要な物資を購入する。戦争を仕掛けられそうだとまではわからなくとも、有力家族の令嬢が同行している以上、何かしらいつもとの違いを察して然るべきだ。

どんな小さな情報でも共有するのが商人ギルドであるにもかかわらず、支部はその慣例から外れた。

（内輪揉めだから今のところは黙ってるけど、影響があるならクラウディア様にも報告しないとな）

本部を中心に各支部で繋がりがある商人ギルドだが、いかんせん商人故の悪癖は消せなかった。

平時なら商人を助ける組合として問題なく機能する。

それが有事――商機が絡むと話は変わった。

本部と共有しなければならない情報を支部で独占し、利益追求に走ってしまうのだ。

実のところブライアンは、王都の組合長からも様子を探るよう頼まれていた。

(部外者のおれがどこまで話を聞けるか)

小さいもののエバンズ商会の支部は辺境伯領にもある。けれど本部と同様に情報はなかった。

もし支部が情報を独占している場合、エバンズ商会は爪弾き(つまはじ)されていたことになる。

(独占するなら支部の上層部で握るだろうし)

エバンズ商会が大きな契約を取れるようになったと言っても、それは王都に限った話だ。

地方では領主と縁が深い商人が商人ギルドの支部長となり幅を利かせている。

どこでも現地で根を下ろしている者が強い。

辺境伯の支部からすれば、組合に所属しているとはいえエバンズ商会はよそ様だった。

商人ギルドの入口である木製のぶ厚い扉を開く前に、ブライアンはヘレンを振り返る。

重厚なレンガ造りのおかげで中から音は漏れていないが、内部の様子は安易に想像できた。

「賑やか、というよりはうるさい場所です。無礼な人もいるので、おれの傍(そば)から絶対に離れないでください」

「ブライアン様に従います」

「えぇっと、おれは男爵位に過ぎないので、そんなに畏(かしこ)まってもらわなくても大丈夫ですよ」

「クラウディア様のご友人に失礼はできません」

「あー、そうですよね……」

個人的にもっと気楽に接してほしいという願いは叶わなかった。

（クラウディア様の友人と認められているのは嬉しいけど、ままならないな）

同じ空間にいても、身分差が邪魔をして話しかけられる機会は少ない。

そしてしっかり線を引かれている感覚があった。

（嫌われてる感じはないんだけどなぁ）

仕事相手への接し方を徹底されている気がする。

ガードがとにかく堅かった。

（せめて頼れる人間だと認識してもらおう！）

一筋縄でいかないのは、これまでの交流でわかっている。

いつか心を許してくれるときが来るのを期待して、根気よく頑張るしかブライアンにできることはなかった。

扉を押し、商人ギルドへ入る。

一歩足を踏み入れた途端、飛び交う怒号が嵐のように感じられ、顔面に風が吹き付ける錯覚を覚えた。

（事務手続きをする場所なのに、どうしてどこもうるさいんだ）

ギルド相手にも利益追求に余念がないからだろう。少しでも損があると喚き立てる商人がほとんどだった。

ヘレンが引いていないことを祈りながら受付カウンターに並ぶ。

お忍びのクラウディアとは違い、ブライアンが辺境伯領に来ているのは知られている。

王家や他家の介入を嫌う辺境伯も、下級貴族である男爵は意識の範囲外だった。

けれど商人ギルドは違う。

支部長もニアミリアの件で、本部から人が来るのはわかっているはずだ。

それがブライアンだという確証はなくても、エバンズ商会の名声は辺境伯領にも届いていた。

よそ者だと爪弾きにされていても、ここにいるのは次期当主であるブライアンだ。

更に言えば平民ではなく、貴族の、である。

（さて、どう出るか）

ヘレンに問題はないかと視線を向けながら商人ギルドの反応を待つ。

このまま何事もなく待たされるのであれば、歯牙にもかけられていないということだった。

（それはそれで時間は有効に使わせてもらうけど）

耳を澄ませて受付周辺での会話を盗み聞く。

誰がどういう目的で商人ギルドを訪れているのか。

単純な内容だが、それを知れるだけでもブライアンとしては得るものがあった。

程なくすると使いの者がやってきて応接室へ通される。

「ヘレンさんも座りませんか？」

「わたしは侍女ですので、こちらで大丈夫です」

いつもの定位置。

一緒にいるのがクラウディアでなくても、ヘレンは壁際を譲らなかった。

ブライアンとしては落ち着けないが、仕方ない。

今は考えに集中することで、場を乗り切ることにした。

(応対の早さから、気にはしてもらえているみたいだな)

自分がエバンズ商会の嫡男であることは支部にも伝わっている。

無視されなかったことを考えれば、ある程度は認められているのだろう。

けれど応接室で姿を見せたのは支部長ではなかった。

「現在支部長は離席中のため、支部長補佐の私が代わって対応させていただきます。ご来訪いただいたブライアン様には恐縮ですが、何卒ご理解いただきたく存じます」

「いえ、こちらこそ約束も取り付けず配慮に欠けていました。お恥ずかしながら時間が勝負だと急いてしまった次第です」

離席が方便であることはわかりきっている。

真実かもしれないが、ブライアン自身、重要視されるポジションではないと理解していた。

(おれのことは警戒しておきたいけど、支部長が出るほどではないってことか)

大方予想通りだ。

男爵位を冠していても、支部長が辺境伯と懇意であれば恐るるに足らない。

ここでは辺境伯が法なのだから。

「この度はどういったご用向きでしょうか?」

「今後の情勢を鑑みて、物資の用意があることをお伝えしに来ました」

「なるほど、パルテ王国との件ですね」

仮に戦争となれば、物資はいくらあっても足らなくなる。

エバンズ商会がこの機会に売り込みをしても誰も疑わない。

「その通りです。こちらではどのように伝わっていますか？」

「王都と大差ありません。事実確認をおこなっているところにニアミリア様の名前が届き、私共も驚いています」

「では当方にも商機はあると考えてよろしいですか？」

支部もニアミリアの件で後手に回っているのなら準備不足は否めない。

もちろん本部への建前である可能性も多大にあるが。

「ブライアン様ならきっと機会を見つけられるでしょう」

にっこりと支部長補佐は微笑む。

はい、とも、いいえ、ともとれる答えだった。

「話は変わりますが、明後日の夜おこなわれる仮面舞踏会についてお耳に入っていますか？」

「仮面舞踏会ですか？　初耳です」

残念ながら爵位が低いブライアンは招待されていないが、ニアミリア主催の仮装舞踏会なら知っている。だが、それとは別の会が催されるらしい。

「噂では辺境伯のご子息も参加されるとか。よろしければ招待状をご用意させていただきます」

「ぜひ、お願いします」

即答だった。

仮面舞踏会にどういう意味があるのかは参加してみないとわからないが、軽視できるものではないと直感が働いたからだ。

その反応を見た支部長補佐は、先ほどより笑みを深くする。

「流石、本部が頼りにされるだけはある」

「そうですか？　支部長補佐は本部の意向をどのようにお考えで？」

ブライアンが本部の使いであると支部長補佐は当然のように看破していた。

王都から来ている商人は他にもいるため確証は得られないはずだが、何かしら判断材料があったのだろう。

ブライアンとしてはそちらへ目が向いているほうが、本命であるクラウディアの存在を隠せるので願ったり叶ったりだ。

「本部が我々の支部に対し不信感を抱いているのは承知しています。我々が逆の立場でもそうだったでしょう。だからこそ我々に叛意はないと明言しておきます」

「その答えが仮面舞踏会ですか？」

「許された者しか参加が叶わない貴族の集まりです。どうぞお楽しみください」

（ここでは得られない情報を仮面舞踏会で拾えってことか？）

もどかしさはあるものの収穫に変わりはない。

仮面舞踏会に何かあるのは確かなのだ。

応接室を出ると、珍しくヘレンから声をかけられる。

「どうしてお怒りにならなかったのですか？」

「怒る場面なんてありましたっけ？」

該当するところがわからず首が傾いた。

「商人に、招待状を用意すると言われたのですよ？」

「言われましたね」

「本来なら貴族から招待されるものです。けれどブライアン様は招待されていません。エバンズ男爵家は招待する必要がないと判断されたからです」

端的に言えば、辺境伯領においてエバンズ男爵家は無価値だった。

辺境伯にとっても同じだ。来訪にあたり挨拶したい旨を伝えたが、必要はないという返事すらもらっていた。

だからこそシルヴェスターやクラウディアと違って、爵位があっても遺恨(いこん)を残すことなく自由に動き回れるのだ。

「男爵家のブライアン様すら手に入れられなかった招待状を商人が用意する。商人のほうが貴族であるブライアン様より上だと言われているようなものではありませんか」

「あー、なるほど！」

ようやく合点がいったブライアンに、ヘレンは呆れた視線を寄越(よこ)す。

「普通の貴族なら怒る場面ですか？」

「少なくとも無礼を訴えます」

「なるほど、なるほど。貴族としての感覚を失念してました」

同時に支部長補佐の笑みを思いだす。

ブライアンが貴族ではなく商人の感性で動いたことで、本部の使いであると見抜いたのかもしれない。

そして伯爵令嬢だったヘレンは、貴族として反応を示さないブライアンに疑問を持った。

「確かにヘレンさんのご指摘通りの見方もあります。けれどおれは支部長補佐がわざわざ仮面舞踏会の話題を出したことのほうが気になりました」

しかも辺境伯の子息が参加するという情報付きだ。

これも見方によっては、自分たちはそのレベルの招待状を用意できるとマウントを取られているように感じるだろう。

（ふむふむ、支部長補佐はこれでおれの反応を見ていたんだな）

「支部長補佐も言ってましたが、現在商人ギルドの本部は、辺境伯領の支部へ不信感を抱いています。支部に叛意があるとすれば、本部は支部との情報共有を止めるでしょう。これは支部にとって避けたい事態です」

本来ならば。

情報を独占することによって、それ以上の利益が得られる場合は当てはまらない。

けれどその可能性は低いように思われた。

強気でいるなら、わざわざブライアンの相手をする必要もないからだ。

「支部長補佐が言う通り叛意がないのであれば、それを本部へ証明しなければいけません」

「その証明が仮面舞踏会ですか？」

「おれはそう考えました。直接言葉では伝えられないことが仮面舞踏会にあるのだと」

商人としてのブライアンは、付け加えられた辺境伯の子息が参加するという情報がその表れだととらえた。

真実、叛意がないなら、支部長は辺境伯から圧力をかけられているのかもしれない。

「考えが至らず、出過ぎた真似をして申し訳ありません」

「いえっ、謝らないでください！　おれもヘレンさんが指摘してくれたから、支部長補佐の意図がわかったんです。実際、貴族としては何も考えてませんでしたから！」

それはそれでどうなのかと、ヘレンの瞳が語る。

素に近い希少な表情を見られて、ブライアンは嬉しくなった。

悪役令嬢は仮面舞踏会に出席する

仮面舞踏会にはブライアンだけが出席する予定だったが、クラウディアが名乗りを上げたことで四人分の招待状が用意された。

貴族に限らず現地の有力商人も招かれていることから、変装すれば身分を隠せるだろうとクラウディアは判断したのだ。

蓋を開けてみれば主催者はサスリール辺境伯で、子息が参加するのも当然だった。

場所が貴族主催の社交場となれば、クラウディアが一番上手く立ち回れる。

その主張からクラウディアとレステーア、ヘレンとブライアンでペアを組むことになった。

クラウディアとブライアンだけでも良かったのだが、それはレステーアが承知しなかった。

商人としての感性は鋭くとも、貴族としての力量に不安があったからだ。

商人ギルドでのやり取りを聞いたのもあって、ブライアンはヘレンをパートナーにするほうがお互いの長所を活用できるだろうと話がまとまった。

今夜はヘレンもドレスを着るということで、クラウディアと並んで準備が進められる。

二人の間を馴染みの侍女たちが忙しなく動き回っていた。

それを目で追いつつ、ブライアンからの報告を振り返ってクラウディアは眉間（みけん）を揉んだ。

――サスリール辺境伯は戦争の準備をしていない可能性があります。

ヘレンと馬車に戻ったブライアンの開口一番がそれだった。

納得と驚きが同時に押し寄せて息を呑む。

レステーアも明確には言い表せられなかった違和感の正体。

町の人々がクラウディアたちから見ても「普通」だった理由。

視察でブライアンが変だと感じた答えは、誰も戦争の準備をしていないからだった。

現在ハーランド王国が置かれている状況を鑑みれば、のほほんとしていられないのは平民でもわかるはずなのに。

自分たちの見立ては正しかったと、ブライアンが結論に至った理由を語る。

「まず町が平和そのものだったので変だと思いました。以前訪れたときと何ら変わったところがありませんでしたから」

このあたりはレステーアが覚えた違和感と同じだった。

情報が貴族で止められていても緊張は伝わるものである。

また貴族以上に情報に敏感な者たちがいた。

商人だ。

彼らの生活圏は平民に近い。慌ただしく動けば、何も知らない平民であっても異変に気付く。

「だとすれば商人も動いていないことになります。戦争が起こらないことに賭けている者もいるでしょうが、一攫千金を狙って起こることに賭ける商人もいるのが普通です」

町は平穏でも商人には動きがあるはずだと信じてブライアンは商人ギルドへ向かった。

しかし商人ギルドでさえも普通だったという。

「受付で見聞きした内容は、平時と変わらないものでした。誰一人として戦争に関するやり取りをしていなかったんです」

素人にはわからないけれど、戦時には馬の飼料など一定項目のやりとりが増える。

また戦争を専門にする商人の気配すらない。

「ニアミリア嬢の件でって、これはお話ししていませんでしたね」

ここでブライアンは商人ギルドの本部が、支部を疑っている事実をクラウディアへ告げた。

「支部には疑いがあったため、本部から資料を受け取っていました。その資料からも外れたところは見当たらず、ただただいつも通りだったんです」

「それで辺境伯が準備をしていないと考えたのね」

「はい、物資に関しては開戦してから集めるんじゃ遅いですから」

外交が失敗に終わる可能性がある限り、最前線となる辺境伯領では準備のため物流が増えるのが当たり前だった。

エバンズ商会もそれを見越して売り込みに来たのだ。

商機に敏感な商人が動かない理由は一つ。

利益が出ないからに他ならない。

クラウディアは頭に浮かんだ疑問をぶつける。

ブライアンを信じていないのではなく、早計は禁物だと感じたからだ。

(トーマス伯爵でさえ、パルテ王国を侮りはしているものの戦争を視野に入れた考えのようだったわ)

国境を守るサスリール辺境伯は、何を思って動かないのか。

「現地の商人たちだけで物資は賄えないものなの?」

「まず難しいでしょう。特に近年はパルテ王国との友好関係のおかげで、サスリール辺境伯領は争いと無縁でしたから」

王都でも辺境伯という爵位がお飾りになりつつあると噂されるほどである。

「商人には得意分野があります。平時の需要に慣れた商人たちが有事だからと一転して品揃えを変えるのは、仕入れ先などの兼ね合いから厳しいかと」

例外があるとすれば、日頃から生活必需品を取り扱っている者たちだ。品目が変わらないのなら対処のしようはある。

エバンズ商会も普段取り扱いのある生活用品を売り込む予定だった。

「軍需に特化した商人が存在するぐらいですから。現状の支部の管轄だけで賄うのは無理があるでしょう」

「そういえば支部に関する資料を持っているのだったわね」

なるほど、と声を漏らしながら他の可能性を探す。

「辺境伯が前々から独自に物資を溜め込んでいるという線はないかしら」

「あ、それならあり得ます」

ブライアンは同意してくれたけれど、これについてはクラウディアが自ら打ち消した。

「でもそのためには王家から許可を貰う必要があるわ」

ヘレンとレステーアが静かに頷く。

領地運営に関心のある貴族なら常識だった。

理由もなしに軍備を強化することを領主に許せば、いくらでも内戦して構わないと言うようなものである。その矛先が王家に向かないとも限らない。

サスリール辺境伯領の場合、理由は国境の警備に限られるだろう。

事前に不穏な動きを察知し、王家も許可を出していたなら、ニアミリア嬢の件で後手に回ること
はなかったはずだ。

「商人の動きについては仮面舞踏会でもっと詰められると思います」

力強い目差しが頼もしい。

ブライアンからの視線を受けて、人に恵まれている、とクラウディアは急に実感した。

色んな人に支えられ、助けられて今があることを。

胸から指の先にまで熱が走り、パチパチと瞳の中で光が弾ける。

（わたくしも負けていられないわ）

頼れる存在になろうと改めて奮起する。

それから話は仮面舞踏会へと移っていった。

回想を終え、目の前の現実を見る。

侍女に髪を梳かれたヘレンは、いつも以上に輝いて見えた。

「本来なら単なる視察で終わっていたはずなのだけれど」

クラウディアにとっては勉強の一環だった。

思わぬ方向に話が進んで驚くばかりだ。

ヘレンが神妙に頷く。

「ブライアン様の観察眼には驚かされました」

「わたくしたちだけだったら見逃していたわね」

戦時下における物資——兵站の重要性は知っていた。

そしてその兵站を賄うには商人が必要不可欠だということも。

知識としてはあったけれど、実際にどういった動きが生じるかまではわかっていなかった。

「経験不足を嘆くばかりだわ」

自分の至らなさに視線が下がると、横からヘレンの手が伸びてくる。

「クラウディア様は自分とは違う視野を得るために、ブライアン様やレステーア様を同行させたのでしょう？　何も間違ってはおられません」

ぎゅっと手が握られ温もりが伝わってくる。

どんなときでも自分を勇気付けてくれるヘレンの存在に、心が満たされていく。

「そのための視察であると理解しています」

「ありがとう、ヘレンの言う通りだわ」

逆行して歳を重ねていても、新たな学びを得ていても、自分には偏った経験しかない。

文字だけの知識では見落としてしまうことがあるのをクラウディアは痛感させられた。

（シルが公務で各地を視察するのも、このためなのね）

現場での人の動きを知ることが肝心なのだ。

「改めて商人の凄さを目の当たりにしたわ」

俯瞰的に物事をとらえていると言ったレステーアの言葉に納得する。

いつ、どこに商機があるのか。

それを分析するための情報や経験を彼らは貪欲に積み重ね、一般人にはわからないものの流れを正確に掴んでいた。

「問題は辺境伯がハーランド王国の外交を信じているのか、ニアミリア様が婚約者になるのを信じているかね」

「前者であると願っています」

後者であれば、リンジー公爵家をはじめ婚約者候補を出している家との軋轢は免れない。

どちらにせよ楽観している感が拭えないものの、サスリール辺境伯には確証があるのかもしれなかった。

この場合、確証があったほうが問題だ。

商人ギルドの支部同様、サスリール辺境伯は王家への報告を怠っていることになる。

「仮面舞踏会で明らかにできるでしょうか」

「支部長補佐が本部への示しとしてブライアンを招待したのなら、何かしら情報は得られるはずよ」

クラウディアたちが気付かなくとも、ブライアンが見逃さないだろう。

何にせよ辺境伯家の仮面舞踏会で情報を集めなければ。

準備が整い、クラウディアとヘレンは二人揃って椅子から立ち上がる。

ヘレンのドレス姿を見たクラウディアは、満面の笑みを浮かべずにはいられなかった。

サスリール辺境伯は砦と城壁に囲まれた石造りの無骨な城に居を構え、砦の一部を仮面舞踏会の会場として開放していた。

想像に反したひっそりとした佇まいに、クラウディアはヘレンと顔を見合わせる。

外から賑やかさは窺えず、受付に人が立っていなければ場所を間違えたのかと心配になるくらいだ。

招待状を受付に渡しながら、ブライアンがこっそり訊ねてくる。

「もっときらびやかな感じを想像してたんですけど、仮面舞踏会ってどこもこんな感じなんですかね？」

「主催者によると思うわ。砦でパーティーをおこなうこと自体が稀ですもの」

クラウディアが軍事施設を訪れるのはこれがはじめてだった。

レステーアは隣で溜息をつく。

「部外者に砦の造りを公開してどうするんですか」

ごもっともである。

招待客はハーランド王国の貴族に限らないのだ。

「公開しても差し支えないということでしょう。この一画だけ造りが違うのかもしれないわ」

「だとしても意識が緩んでいるのは否めません」

何かあればすぐに騎士たちが殺到する立地ではある。

だが、かえってそれが慢心(まんしん)を呼んでいるとレステーアは唇を歪ませた。

「ぼくたちが動きやすいということは、別の誰かにとっても同じだということです」

「あえて招待客を泳がせているとは考えられないかしら？」

「否定はしません。けど、どうでしょうね」

決してぼくから離れないでください、と念を押される。

辺境伯への信頼は皆無のようだった。

（商人ギルドを介しているのを考えれば危険はなさそうだけれど）

仮面舞踏会は、本部への示しとしてブライアンが招待されたものだ。

ただ何が潜んでいるかわからないという点では、クラウディアもレステーアに同意した。

会場である皆へ続く廊下を四人で歩く。

ローズガーデンの拠点と似た空気を感じるのは窓がないからだろうか。

照明として焚かれているかがり火がゆらゆらと影を落とし、着飾った男女を会場へと誘った。

木製の扉を越えた先。

よく晴れた日にカーテンを開けたような眩しさを感じる。

「わぁ」

驚きに声を上げたのはブライアンだ。

道中の静けさが嘘のように会場では至るところで光が反射し、優雅なピアノの演奏が空間を彩っていた。

仮面を着けた招待客はグラスを片手に談笑する慌ただしさとは無縁の風情には、大人の社交場という響きがよく似合う。実際、招待客がクラウディアたちより世代が上なのも要因だろう。品の良い調度品の数々が、ここが砦であることを忘れさせる。

「ふむ、仮面を着けていても我が君を超える方はおられませんね」

明るい場所で改めて装いを見られたからか、レステーアは綺麗な笑みを浮かべ、仮面越しでもわかる熱視線をクラウディアへ向けた。

「ありがとう、黒髪のあなたも素敵よ」

お世辞ではなく、レステーアはハーランド王国で好まれる衣装もよく似合っていた。

貴公子は着る服を選ばないらしい。

黒髪にえんじ色のスーツが、レステーアの我の強さを引き立てる。

「我が君と同じ色を持てて光栄です」

「あなたが合わせたのでしょうに」

衣装を決める際、色々と注文を付けていたのを知っている。

赤髪にカラス色のドレス。

クラウディアとレステーアの装いは対になっていた。

ヘレンとブライアンはそのまま着飾っただけだが、クラウディアたちは変装も兼ねているためウィッグで髪色を変えている。

クラウディアに至っては血のように真っ赤な口紅が馴染む化粧にしてあった。

口元以外は仮面で隠れるとしても念には念を入れる。

（侍女たちの技術には目を見張るわ）

どんな要望でも応えられるよう、常日頃からの研鑽を彼女たちは惜しまない。

露出は控えているものの、夜会に合わせたドレスはクラウディアに娼婦時代を思いださせる。

しかしそれは自分だけで、妖艶さが際立つクラウディアとは対照的に、ヘレンは閉ざされた空間にあっても木漏れ日のようだった。

黄色のドレスには純白のレースが施され、光沢のある生地が光の帯を見せる。

目が合い、照れた表情を見せられると、ブライアンでなくても抱きしめたくなった。

隣に立つブライアンはずっとヘレンに釘付けだ。

（こんな調子で大丈夫かしら？）

と思ったところで、ヘレンがエスコートを促す。

心配は杞憂のようである。

ブライアンが商人中心に聞き込みをおこなうので、クラウディアは貴族――サスリール辺境伯の子息を狙う。

（王都のパーティーで二、三回踊ったことがあるけれど）

基本的にサスリール辺境伯は領地に留まっていることが多く、王都に赴くのは年に一回あるかないかだ。

子息のドレスティンも学園に通う間は王都で生活していたが、卒業してからは辺境伯家の慣例に従い領地に帰っていた。

（他は面識のない方ばかりね）

　今は社交界シーズンだ。主要な貴族はみな王都に集まっている。にもかかわらず辺境に留まっている貴族といえば、自ずと領地を持たない下級貴族だったり辺境伯の縁者になる。

　貴族以外に商人が多く招待されていることからも、招待客の顔ぶれがクラウディアと馴染みのないことは察せられた。

（王族派の方がいたら眉をひそめそうだわ）

　言わずもがな、サスリール辺境伯は貴族派である。

　今回招待されているのも新興貴族であることが窺えた。

「名乗る必要がないのは助かります」

「名乗ったら仮面を着けている意味がないもの」

　仮面舞踏会は匿名性を楽しむ性質上、身分を隠したままおこなわれる。

　呼び合うときは適当な愛称を使った。

「しかし我が君はどこにいても視線を集めますね」

　おかげで不躾（ぶしつけ）な者の目を潰したくなります、と物騒なことを言いながらレステーアは笑みを浮かべる。

「今更気にすることでもないでしょうに」

　胸やお尻に無遠慮な視線が向けられるのは、王都のパーティーでも変わらない。

決して気分が良いものではないけれど、それは魅力の証明でもあった。
(辺境伯の子息――ドレスティン様も確か同じ部類だったわね)
女性と心を通わすより、体に重きを置くタイプだ。
溜息をつきたくなるのをぐっと堪えて、しなを作る。
どういう仕草が男性の目を引くのかクラウディアは熟知していた。
レステーアのエスコートでソファーへ座り、足を組む。
隣で恭しくレステーアが傅(かしず)けば、二人の関係性は自然と周囲に広まった。
男を手玉に取ることに慣れた女王様とその下僕。
レステーアのおかげで演技するまでもなく容易に設定が作れる。
性欲が刺激されれば相手の性格などドレスティンは気にしない。
(やりやすいのは助かるけれど)
ハニートラップの良い餌食(えじき)だ。
今、正におこなおうとしているクラウディアが言えた義理ではないが。
ドレスと合わせた漆黒の扇をたおやかに揺らしながら視線を巡らせる。
目的の人はすぐに見つかった。
どうやらクラウディアの存在が耳に届いたらしく、自ら足を向けてくれたようだ。
そのフットワークの軽さに扇の下で苦笑が浮かぶ。
レステーアも呆れた視線を隠さない。

「下半身に忠実な方みたいですね」

「おかげで手間が省けるわ」

ドレスティンは風貌を変えることなく仮面を着けているだけなので、招待客にも身分がバレていた。

その証拠にクラウディアへ声をかけようとしてた男性が、ドレスティンに場所を譲る。

「レディー、ボクにあなたの隣へ座る栄誉をいただけますか?」

波打つ緑色の髪に茶色の瞳。

森を連想させるこの二つは、サスリール辺境伯家を代表する色だった。

しかしドレスティンには移り気で軟派な印象が目立つ。

目鼻立ちが整っているのもあって、学園に在籍中は浮き名を流していたという。

レースの手袋をした左手を差し出せば、すかさず手の甲に口付けが落とされる。

ドレスティンの身分は周知の事実だが、あえてクラウディアは強気な態度を崩さない。

この場ではクラウディアは謎の美女であり、女王様なのだ。

身分を明かさないことが前提の仮面舞踏会だからこそできるお遊びの一種だった。

趣向を理解しているクラウディアの振る舞いに、ドレスティンも満足げに笑う。

そして彼がクラウディアの手を離そうとしたときだった。

茶色の瞳が大きく見開かれる。

「やっと会いに来てくれたんだね!　前と装いが違うから、全くわからなかったよ!」

ドレスティンの顔に浮かんだのは歓喜だった。

目が合い、自分に話しかけられているのはわかるのに内容を理解できない。

「香りがだいぶ薄いのは、ボクを試しているのかな？　ふふふ、相変わらずクラウディアはボクを試すのが好きだね」

（わたくしだってバレた⁉）

名前を呼ばれて背筋が凍り付く。

ドレスティンとは王都のパーティーで踊ったことがあるぐらいで交流はない。

公爵令嬢として、シルヴェスターの婚約者候補としてクラウディアが目立つ存在であったとしても、簡単に看破できる変装ではなかったはずだ。

（どうして？　わたくしは何を見落としてしまったの？）

ぐるぐると思考が錯綜する。

レステーアが視線だけで窺ってくるけれど返事をする余裕もなかった。

焦りでこめかみに冷や汗が浮かぶ。

心臓が口から飛び出しそうだった。

極度の緊張に体が縛られるクラウディアに対し、ドレスティンは満面の笑みを崩さない。

何か答えなければと思うものの、正体を見破られ頭が真っ白になっていた。

けれどそれがかえって功を奏する。

「驚いた？　やっと一矢報いられたかな。キミから貰った香水を毎日嗅いでは、あの夜のことを思いだしているよ。わかってる、今夜も声は出せないんだろう？　でも折角会いに来てくれたんだ、

「二人っきりで過ごしたいな」

クラウディアは口を噤んだままだが、ドレスティンは気にした様子もなく一人で言葉を重ねた。

(香水？　あの夜？　彼は何を言っているの？)

身に覚えのないことばかりである。

だがおかげでドレスティンの語るクラウディアが別の人間だとわかった。

問題は、その人間が専用の香水まで着けてクラウディアに扮していたことだ。

(手袋に普段の香りが残っていたのは迂闊だったわ)

気付かないうちに生活空間や小物類から移っていたのだろう。

嗅ぎ慣れているが故に感覚が麻痺していた。

人物の不一致に気付いたレステーアが横槍を入れる。

「生憎、わたしが彼女から離れる予定はありません」

「なんだい？　ボクが邪魔だと言っているのがわからないのかい？」

訝しげに片眉を上げられるけれど、レステーアは調子を合わせるのが上手かった。

「今夜は時間がないんです。わたしを通していただけるなら、短時間でも濃密な一時をお過ごしいただけるとお約束しましょう」

「ああ、そういうことか！　キミが『声』なんだね！　ということは、やっとクラウディアとお喋りできるのか。ボクはそれで構わないよ」

このときほど、レステーアがいて心強いと思ったことはなかった。

ドレスティンに連れられて会場を移動する。

来たときとは違う廊下を進むと、個室が並ぶエリアに出た。

部屋のプレートに武器庫と書かれているのを見る限り貯蔵施設のようだ。

（規模から推測して砦ごとに設置されているようね）

案内された部屋の広さは、二人掛けのソファーと小さなテーブルが置けるぐらいで窮屈極まりない。

等間隔に入口があったので他も同程度だろう。

室内は薄暗く、照明は壁にかけられたロウソクだけだ。テーブルの上に飾られた花が唯一の癒やしだった。

「元は別の用途で使われていた部屋だったんだけどね、この区画の内装は全てパーティー用に設え直したんだ」

「もう砦としては使われないんですか？」

クラウディアを代弁してレステーアが訊ねる。

「有事の際には使うだろうね。といっても、そんなときは来ないってクラウディアもわかってるだろう？」

殊更甘く名前を呼ばれて鳥肌が立つ。

だけどドレスティンの発言は無視できるものではなかった。

（ブライアンは、サスリール辺境伯が戦争の準備をしていないとみたけれど当たっていたようね）

しかもそのことは偽クラウディアも知っている。

「ここに来ると、あの夜のことが思いだされるよ。何度反芻したことか。小さなホクロの位置だって言い当てられるほどだ。あぁ、ボクにこんなことさせるのはキミだけだよ」

ソファーにクラウディアを座らせるなり、ドレスティンは床へ両膝を突いた。

そして背中を丸めて、波打つ髪をクラウディアのくるぶしに擦り付ける。

まるで飼い主の愛を求めるように。

（偽クラウディアはご主人様だったってこと？）

パーティー会場で女王様を気取っていたぐらいだ、そういうプレイもよく知っている。

試しにヒールで太ももを踏みつけると、痛いはずなのにドレスティンは愉悦の表情を浮かべた。

情事の楽しみ方は人それぞれだというのに、レステーアは視線で彼を射殺さんばかりである。

にもかかわらず平静を装った声を出せるのは流石としか言いようがない。

「申し訳ありませんが、先ほども申した通り今夜は時間がありません。危険を冒してここにいるのは、ドレスティン様もおわかりになるかと」

そこではじめてドレスティンが口を歪める。

苦虫をかみつぶしたような顔で発せられる声は怨恨に満ちていた。

「そうか、横暴なシルヴェスターがまたキミを縛り付けているんだね？　ああ、ヤツが視察に来ていることはボクも知っているさ」

「ドレスティン様の顔を見て、癒やされたかった次第です」

レステーアの言葉に合わせ、クラウディアは緑色の頭を撫でる。

もっと彼には口が軽くなってもらわなければいけない。

撫でられた悦びを隠そうともせず、ドレスティンは頭をクラウディアの膝へ預けた。

クラウディアの白い指が髪を梳くごとに、茶色い瞳が蕩けていく。

纏う空気と共に、ドレスティンの口調が変わった。

「もうすぐ、もうすぐです、ご主人様。ニアミリア嬢がヤツの婚約者になれば、ご主人様は解放されます」

「けれど、どうしても不安が拭えません」

「ご安心ください。ベンディィン家とご主人様が手を組めば、必ずや成し遂げられます。父上も乗り気です。ボクと結ばれる日も、そう遠くありません。あぁ、待ちきれないな」

堪らず、といった様子で太ももへ伸ばされた手を扇で叩く。

それでもドレスティンは嬉しそうだ。

「どうやらボクは至らない犬のようです。だからもっと……」

「時間です」

これ以上は相手を調子づかせる。

クラウディアが視線で訴えれば、即座にレステーアは動いてくれた。

「えっ、もう?」

「楽しい時間は過ぎるのが早いものです。今夜はこれにて失礼いたします」

ドレスティンを部屋に残し、足早にレステーアと来た道を戻る。

一刻も早くこの場から離れたかった。
「思わぬ収穫が大きすぎて、頭が混乱しそうだわ」
「帰ったらまずは湯浴みですね。先に帰ることをブライアンへ言付けましょう」
会場へ戻るなりウェイターを捕まえる。
ドレスティンがいる以上、クラウディアは留まれない。
だがおかげで引き留める声も無視できた。
優美な時間が流れる会場から最初に通った廊下へ出る。
違和感を覚えたのは、人気のない廊下を数歩進んだときだった。
受付時間が過ぎたからか、廊下には誰もいない。
焚かれたかがり火だけがゆらゆらと揺れている。
背後にはレステーアがいるだけだ。
そのはずなのに。
（いつからレステーアは黙ったのかしら）
パーティー会場へ戻っても、クラウディアは口を噤んだままだった。
寄って来る招待客をあしらっていたのはレステーアだ。
会場を横断している最中は声が聞こえていたように思う。
それがいつしか止んでいた。
クラウディア同様、無視することにしたのかもしれない。

だとしても。

背後にある気配が変わったように感じられる理由にはならなかった。

冷たいものが背筋を伝う。

ドレスティンとのことで神経質になっているだけだと思いたい。

クラウディアの異変に気付いたのか、気配がすぐ後ろへ移動する。

扇を握る手にぎゅっと力が入った。

その手に、手が重ねられる。

剣を握り慣れた手は、レステーアのものとは明らかに違った。

「無理をしないよう言っておいたはずなのだが？」

「驚かさないでくださいまし！」

後ろから耳に触れた声に、どっと力が抜けた。

顔だけで振り返ると、イタズラな黄金の瞳と目が合う。

レステーアと同じ変装をしていても、彼だけは目を隠さない限り正体を偽れないだろう。

「いつの間に入れ替わったのです？」

「会場を出たところでだ。ディアの行動力に比べれば大したことはないだろう？」

「わたくし、無理はしていませんわ」

先ほど言われたことを思いだして反論する。

仮面舞踏会に参加したといっても危険を冒したわけではない。

招待状も正規に入手したものだ。

ドレスティンとは思いがけない展開があったものの、レステーアも一緒だった。

「シルこそ、どうやってここへ？」

「ディアが動くなら報告するよう君に付けた影に言っておいた。おかげで馬を走らせることになったよ」

サスリール辺境伯領へはほんの数時間前に到着したばかりだという。

「招待状は金にものを言わせて買った。あまり治安が良い集まりではないな」

クラウディアもブライアン――商人を通すことで招待状を得ている。

ドレスティンが偽クラウディアと会うために窓口を広げていた可能性は否めない。

「こうして人が入れ替わったりもしますし？」

「公爵令嬢が変装して参加していたりな。得るものはあったか？」

「ええ、少し考えをまとめる時間が必要ですけれど」

（入れ替わったのが帰り際で良かったわ）

ドレスティンとのやり取りを見られていたらどうなっていたことか。

人知れずほっと胸を撫で下ろしながら、シルヴェスターと向き合う。

黒髪にえんじ色のスーツ。

装いが同じだからか、よりレステーアとの違いが際立った。

――似たような感覚を学園でも覚えていた。

あのとき、同じ制服を着ていてもシルヴェスターは特別なのだと思い知らされた。

王族だけが持つ威圧感、気品は服装で隠せるものではない。

けれど自分を見下ろす視線が優しいことに頬が熱くなる。

そっと手を持ち上げ、訊ねられる声に愛しさが溢れた。

「一曲踊ってくれるだろうか」

「喜んで」

といっても音楽は聞こえない。

二人しかいない廊下は静まり返っている。

それでも、互いがいれば十分だった。

公爵令嬢として、王太子として生きる上で、体がダンスのテンポを覚えている。

ヒールが石畳を叩き、黒いドレスの裾が影と踊る。

「このあと時間はありますか?」

「君に急いで帰れと言われない限りな」

「もちろん言いませんわ。ですが甘い夜にはならなそうです」

ドレスティンから聞いたことをシルヴェスターとも共有しておく必要があった。

ベンディン家が動いているとなれば、パルテ王国で探る対象も絞られるだろう。

偽クラウディアについては謎のままだ。

ベンディン家と手を結び、ニアミリアを婚約者にすることで何を為そうとしているのか。

正体への糸口があるとすれば香水だろうか。特注の香水がクラウディア以外へ売られることはない。

シルヴェスターと手を繋いだまま外へ出る。

見上げる空には星が瞬いていたが、背後の砦に存在をかき消された。

(ブライアンとも情報をすり合わせなければならないわね)

パーティーを楽しむ余裕がなくて残念だ。特にドレス姿のヘレンとは、もっと一緒にいたかった。

「ディア、大丈夫か?」

「ええ、シルがいてくれるもの」

抱える焦燥が伝わったのか優しく肩を抱かれる。

頭をシルヴェスターへ預ければ、安心感から不要な力が抜けた。

(シルも大変なのに)

忙しさは自分の比ではないだろう。

そんな中、駆け付けてくれたのだ。

少しでも労えることを願って肩に置かれた手を握る。

まだ夜は終わりそうにない。

年上の婚約者候補は未来を憂う

はじまりは商人からの警鐘（けいしょう）だった。

「北部で怪しい動きがあるって、ヒューベルト、それは本当なの？」

「正確にはアラカネル連合王国も含めてです。自分の目で見てきたので間違いありません」

ハーランド王国の北部で活動するヒューベルトは、長年付き合いのある商人から最近勢いのある若手だと紹介されて知り合った。

琥珀色の髪に映える肌は白く、碧眼が空を連想させる。

行商をしているわりに粗雑なところがないため、貴公子と紹介されても不思議に思わないほどだ。

そのために貴族のお得意様が多いと聞いて納得した。貴族は身なりを気にする人が多い。

商品のみならず芸術にも造詣（ぞうけい）が深く、話題に事欠かないのもそのためかと。

歳が近いこともあって、打ち解けるのに時間はかからなかった。

話を続けるのが苦手なウェンディにとって、ヒューベルトの話術は尊敬に値するものでもあった。

「滅多なことはおっしゃらないほうがいいわ。あなたが罰せられでもしたら」

「話したのはウェンディ様がはじめてです。これ以上、自分だけに留めておくのが辛くて……すみません、失望されましたよね」

「そんなことないわ！」

いつも朗らかなヒューベルトが涙を浮かべるのを見て、慌てて首を振る。

男性の苦悶に満ちた姿を目の当たりにしたのは、これがはじめてだった。

父親をはじめ、ウェンディの前で弱音を吐く人はいない。

誰もが大人しいウェンディを守ろうとするからだ。

（ヒューベルトはわたくしを頼ってくださったのね）

「年甲斐もなくウェンディ様に甘えてしまいました。このことはお忘れください」

「そんなことおっしゃらないで。歳だって五つ上なだけではありませんか」

「自分の歳を正確に覚えてくださっていたんですね」

涙が残った満面の笑みに、心臓が早鐘を打つ。

照れが勝って視線を逸らさずにはいられなかった。

「ヒューベルトからお聞きしたお話は全て覚えていますわ」

貴族の相手をすることに慣れているにもかかわらず、彼の人生は冒険に満ち溢れていた。

ウェンディだけでなく侍女もヒューベルトの話を心待ちにするほどだ。

あまりの人気に父親から釘を刺されたのを思いだす。

（実力があっても彼は平民で、わたくしはシルヴェスター様の婚約者候補……）

関係は客と商人に留めなければならない。

頭ではわかっている。

けれど友人になることも許されないのかと抗う心があった。

「嬉しいです。自分もウェンディ様がおっしゃったことは全て覚えています。髪色と同じスミレの花が好きなのも」

落ち着いたのか、ヒューベルトに優しい笑みが戻る。

そして再度、失言を謝った。

「すみません、ウェンディ様にならと聞いていただけると……いえ、これも言い訳に過ぎませんね」

「いいえ、悩みがあるなら、どうぞおっしゃってください。わたくしが気にし過ぎました」

自分の小心さが嫌になる。

ヒューベルトは勇気を出して打ち明けてくれたというのに。

「やはりウェンディ様は頼りになるお方です。平民の自分にも親身に接してくださって……どう感謝したら良いか」

感極まった姿に胸を打たれる。

今日、こうして打ち明けられるまでは彼の堂々とした姿しか知らなかった。その裏側には繊細な一面があったのだ。

（わたくしは本当に世間知らずだわ）

表面的なことしかわからず、本質を理解できていない。

人にはそれぞれ悩みがあって当たり前だということでさえ、こうして目の前に突き付けられなければ気付けないのだ。

（クラウディア様なら、もっと早くヒューベルトの助けになったかしら）

完璧な淑女と名高い、もう一人の婚約者候補。

クラウディアの存在は誰も無視できない。

美しい見た目だけでなく、心根も良いことは学園に通う生徒ならみなが知っていた。

王族派、貴族派で差別せず公平に扱う彼女の行動は、中立派に座するリンジー公爵家そのものだ。

ウェンディが共に在籍したのは一年だけだったけれど、後輩の令嬢からは未だに名声が届けられる。

ヒューベルトから曇りのない目差しを向けられると居たたまれなくなるのは、自分より上だと思える彼女がいるからだろうか。

「ウェンディ様のおっしゃる通り、口に出して良い話でもありません。そこで、その、ウェンディ様さえよろしければ、手紙を送らせていただいてもよろしいでしょうか？　外聞を気にされるようでしたら商品目録として送らせていただきますので」

上目遣いでたどたどしく紡がれる言葉に、一瞬、思考が止まる。

（だ、男性相手に可愛いと思ってしまうのは失礼よね⁉）

また新たなヒューベルトの一面を知ってしまった。

恥ずかしそうに視線を外されると、ウェンディも負けないくらい落ち着きがなくなる。

「も、もちろんですわ！　お手紙、えっと、商品目録！　楽しみにしておりますっ」

自分でも驚くくらい声が出て、羞恥（しゅうち）に頬が染まる。

耳が熱くなって焼き切れそうだった。

そのあと、どう解散したのかは覚えていない。

ただ侍女から温かい視線を送られたのは印象に残っている。

「もしかしたら怪しい動きというのも、ウェンディ様の気を引く口実だったのかもしれませんね」

それが事実だったら、どれほど良かっただろう。


ヒューベルトからの手紙は二日後に届いた。

近況が綴られる中に、彼が感じ取った違和感についても記される。

文通を重ねるにつれ、それは大きさを増していった。

しまいには文面からでもヒューベルトの憔悴が読み取れるようになる。

心配が募ったところで、二人きりで会いたいと告げられた。

悩んだものの彼を見捨てるようなことはできない。

友人と会うふりをして、個室のあるカフェで落ち合った。

「ヒューベルト、一体何があったの⁉」

やつれた彼を見た途端、手紙にあった内容がただ事ではないと悟る。

「見苦しい姿をお見せしてすみません。ウェンディ様には、早くこの真実をお伝えしなければと思い……」

「謝らないで。食事は？　ちゃんとお休みは取れているの？」

「それどころではない日々が続いていました。こうしてお会いできるのも最後かもしれません」

あまりのことに言葉が詰まる。

これが最後とは、ヒューベルトの身に何が起きているというのか。

「ウェンディ様を巻き込むつもりはありません。ただ、自分が失敗したときのために、真実だけはあなたに知っていてもらいたかったんです。正義は、こちらにあったと」

それからヒューベルトが語ったことは衝撃的過ぎて、すぐには信じられなかった。

「枢機卿が罷免されたのには、そんな裏があったなんて……」

「アラカネル連合王国を訪問されていた時期も一致します。間違いなく、枢機卿はリンジー公爵令嬢の思惑に気付いたんです」

「でも枢機卿が罷免された理由は、直属の部下の不祥事でしたわ」

ナイジェル枢機卿の部下である修道者が違法カジノを運営していた。その責任を取るため、彼はハーランド王国を去ったのだ。

「一見すると繋がりがないように思えますが、実は全て繋がっているんです。枢機卿の罪はあくまで監督責任だけであることはご存じですよね？」

違法カジノがナイジェル枢機卿の指示だったなら、部下たちが告発するはずだと言われて頷く。

犯罪を犯すような者たちが義理を守るとは考えにくい。

「本来犯罪ギルドの人間でもない限り、違法カジノを運営するノウハウを持ち合わせていません。だというのに何故、修道者と違法カジノに繋がりができたのか」

「もしかして犯罪ギルドも関わっていたのですか？」

「ご明察の通りです。そしてこの犯罪ギルドは、リンジー公爵令嬢とも繋がっていると自分は考えます」

「そんな……」

「わかっています、信じられませんよね。自分も信じたくはありません。国を代表するような公爵令嬢が犯罪に関わっているなんて」

ヒューベルトにとっても耐えがたいことであるのは表情を見ればわかる。

（だからこんなにやつれるまで奔走されていたのね）

「きっとリンジー公爵令嬢は、犯罪ギルドに唆されたのでしょう。どれだけ公爵家が栄えていても、その財産は全て次期当主である兄上へと引き継がれます。リンジー公爵令嬢が自由にできるお金は多くありません、そこを衝かれたのだと思います」

そして引き返せないところまで来てしまった。

「自分が見つけた、アラカネル連合王国からの奴隷輸送。これも犯罪ギルドからの提案でしょう。けれど承認したのはリンジー公爵令嬢です。もう分別がつかなくなっていることは明白です。ウェンディ様、どうか上辺に騙されないでください」

ヒューベルトの懇願を断ることなどできなかった。

けれど胸の奥がチクチクと痛む。

（まだクラウディア様を信じたいと思うわたくしは愚かなのかしら）

こんな心を知られたら、きっと呆れられてしまう。

割り切れない自分を情けなく思っていると、にわかに店内が騒がしくなった。

どうやら警ら隊が来ているようだ。

ヒューベルトが顔を青くする。

「自分のことがバレたのかもしれません」

「どういうことですの？」

「相手は枢機卿を罷免できるほどの力を持っています。犯罪を暴こうと嗅ぎ回っている自分のことに気付いても不思議ではありません。ウェンディ様、今日ここにいることを知っている者は？」

「侍女なら……でもヒューベルトのことは話していません！」

「隠してくださったのですね、ありがとうございます。でも今後は侍女も警戒したほうがいいでしょう。ほかでもない、あなたを守るためです」

自分はこれで失礼します、とヒューベルトが席を立つ。

「またお会いできますわよね？」

「やめておきましょう。自分はウェンディ様を巻き込みたくありません」

「わたくしに、あなたを見捨てろとおっしゃるの⁉」

一瞬、涙を堪えるヒューベルトの表情をウェンディは見逃さなかった。

（こんなに弱ってらっしゃるのに）

躊躇う素振りを見せたあと、ヒューベルトが床へ片膝を突く。

それは騎士が忠誠を誓う姿を連想させた。

ウェンディの手の甲へ口付けが落とされる。

「平民の自分が、持つべき感情でないことは重々承知しています。けれど……もう気持ちを隠せません。ウェンディ様、自分は、あなたをお慕いしています」

突然の告白だった。

何故このタイミングなのかは考えるまでもない。

彼はこれを最後の別れにするつもりなのだ。

「力のない自分に、あなただけは守らせてください」

「い、今すぐにでもことを公にすれば……」

震える声で提案する。

しかしヒューベルトは静かに首を横へ振った。

「確固たる証拠を提示できなければ罪には問えません。巨悪な権力に立ち向かうには、まだ不十分です」

「だとしたら、あなたはどうするのです」

「幸い、自分には信じられる仲間がいます。どうにかして、この犯罪の証拠を掴みます。もし叶うなら、自分たちの行動が報われることをお祈りください」

「それしか、わたくしにはできないのですか？」

祈ることしか。

「ウェンディ様をお守りするためです。決して今日のことは他言しないように。侍女にも目を光らせてください。枢機卿が部下に裏切られたくらいです。どこにリンジー公爵令嬢の手の者が潜んでいるかわかりません」

去り際、頬に柔らかい熱を落とされる。

ウェンディは向けられた背中に手を伸ばすことも、あとを追いかけることもできなかった。

（わたくしは、なんて無力なの……）


ずっと心の中で雨が降っているようだった。

父親に相談することも考えたけれど、罷免されたナイジェル枢機卿のことが頭を過る。

犯罪ギルドと繋がったクラウディアの力は、最早ウェンディには測りきれないものになっていた。

だからといっていつまでも伏せっていたら疑念を招く。

無理に笑顔を作って日常を過ごしては、夜、声を殺して泣いた。

（ヒューベルト、どうか、どうか無事でいて）

できたのは、ヒューベルトの忠告に従い侍女と距離を置き、祈ることだけだった。

過ぎる日々と共に、自責の念が積み重なっていく。

転機が訪れたのは夏に向けて長年付き合いのある商人を屋敷へ呼んだ日のことだった。ヒューベルトを紹介してくれた商人だ。もちろんそこにヒューベルトの姿はない。

わかっていたのに溜息が漏れそうになるのを堪えていると、商人が連れてきた使用人の一人から視線を感じた。

不躾な視線に商人が使用人を叱る。

「申し訳ございません！　スミレの花を思いだしてしまって」

使用人にとって、どれほど思い入れがあったのだろう。

「わたくしも好きな花よ。良かったら、スミレの花にまつわるあなたの話を聞かせていただけるかしら？」

ウェンディの興味を引いたことで、使用人の表情がぱぁっと明るくなった。

「実は、初恋の人が好きな花なんです！　残念ながらその人とは、カフェで告白したのを最後に会うことはなくなったんですが」

「カフェで……？」

ちらりと使用人がウェンディを窺う。

使用人の意図を察し、ウェンディは取り乱さないようにするのがやっとだった。

語られた話は、ヒューベルトのものとしか考えられない。

「切ないお話ね。もし明るいエピソードもあるなら伺いたいわ。このあと、時間をもらってもよろしいかしら？」

後半は使用人の主人である商人へ向けたものだ。

ウェンディが気を悪くしていないならと商人は喜んで受け入れた。

使用人をお茶に招待した先で、贈り物を渡される。

「主人から預かってきました。どうぞお開けください」

言われるまま、綺麗な装飾が施された木箱を開ける。

そこには宝石で象られたスミレのブローチが収まっていた。

光を受け、美しく輝くブローチの土台には彼の碧眼を連想させるアクアマリンがはめられている。

「箱にも意味があるそうです。お時間があったら、お調べになってみてください」

今すぐにでも調べたい気持ちに駆られるけれど、焦りは禁物だと自分に言い聞かせる。

未だ、どんな些細なことが彼の危険に繋がるかわからない。

そのあとは、とりとめのない話を楽しむふりをした。

自室へ戻り、侍女たちを下がらせる。

一人になったところで木箱を探った。

するとブローチを収めていた土台が外れ、中から手紙が現れる。

「これは……!」

紛れもなく、ヒューベルトの筆跡だった。

近況が綴られていることに涙が溢れる。

「良かった……無事だったのね……っ」

状況は芳しくないものの、奴隷が拘束されている倉庫を仲間と発見したという。

手紙が他の者にバレたときに備え、場所は明記されていない。

どうやらアラカネル連合王国から送られた奴隷の一時的な待機場所のようだ。

最後に、無理な願いとは理解しつつ、北部で会えないかと書かれていた。

ウェンディのことを考えて指定された場所は、避暑に赴いても疑われないところだった。

もうウェンディに迷いはない。

「やっとヒューベルトに会えるのね……！」


初夏、避暑地として人気の都市には、ウェンディの他にもたくさんの貴族が訪れていた。

（これならわたくしがいても怪しまれないわ）

ホテルに滞在していると、ヒューベルトから人を介して新たな連絡が届く。

指定されたのは近くにある教会の懺悔室だった。

教会には修道者に苦悩を打ち明ける個室があり、そこへは当事者しか入れない。

どうするのかと個室で待つ中、修道者と来客を隔てる衝立が動く。

本来なら互いの安全を守るために固定されているものだ。

衝立の先に立っていたのは修道服に身を包んだヒューベルトだった。

衝動のまま立ち上がった瞬間、力強い腕に抱かれる。

「無礼をお許しください」

熱のこもった声に心臓が高鳴った。

父親以外の男性に抱き締められたのは、これがはじめてだ。

どれだけ互いの体温を感じていただろう。

どこかぼんやりとする頭でヒューベルトを見上げれば苦笑が返ってきた。

「そのような表情を向けられると、自分を抑えられる自信がありません」

言いながら耳朶に口付けられ、カッと全身が赤く染まる。

ヒューベルトが修道服に身を包んでいるのも背徳心を煽った。

「あ、あのっ」

「すみません、ウェンディ様にお会いできたのが嬉しくて先走ってしまいました。ブローチもよく似合っています」

ヒューベルトの視線が胸に着けたスミレのブローチへと注がれる。

手紙と一緒に贈られたブローチを、ウェンディはずっと着けていた。

「これがあるとあなたを思いだせて……って、わたくしったら何を言ってるのかしら」

「ははは、気に入っていただけたなら本望です」

つい思ったことをそのまま口にしてしまった。

恥ずかしさに体を小さくしながら着席する。

離れてしまう体温に寂しさを感じたものの口にする勇気はない。

「長居していると怪しまれますので本題に入らせていただきます」

ヒューベルトの真剣な表情に、ウェンディも居住まいを正す。

「これから自分は仲間と奴隷を助けに行きます」

「危険は」

ないのですか、と言い切る前に、質問の愚かさに気付いた。

彼がずっと隠れて行動している理由を知っているだろうに。

（わたくしは、どうしてこうなのかしら）

俯くウェンディの手を、ヒューベルトが握る。

「心配してくださって、ありがとうございます。危険はもちろんあります。けれど自分は彼らを見捨てられません」

視線を上げた先で、真摯（しんし）な瞳とぶつかった。

冒険に彩られたヒューベルトの半生は、彼の勇気の表れなのだと今更ながらに理解する。

自分はこのままで良いのだろうか。

また涙を流して祈るだけの日々を過ごすのか。

答えは、すぐに出た。

「ヒューベルト、わたくしにも手伝わせてください」

「なりません。危険過ぎます」

「ですが、その危険なことをヒューベルトはするのでしょう？」

「ウェンディ様を巻き込むわけにはいきません」

「いいえ、巻き込んでください。わたくしを頼ってください！」

はじめて打ち明けてくれたときのように。

「ウェンディ様……」

感極まった様子でヒューベルトは碧眼の瞳を潤ませる。

祈るように手を合わせ、ウェンディに向かって頭を下げる姿は、神へ祈りを捧げる修道者そのものだった。

「実は奴隷が捕らえられている倉庫は、この近くにあるんです」

「そうなのですか⁉」

「驚きますよね。こんな都市に近い場所で堂々と……見事に意表を突かれました」

けれど自分たちも負けていないと、仲間について語られる。

「商人仲間の他に、この教会の修道者たちも手助けしてくれているんです。おかげで人の気配を気にせず眠れるようになりました」

言われてみれば、以前会ったときより血色がよくなっている。

英気を養えたことでウェンディとも会う時間がつくれたらしい。

「近日中に自分たちは倉庫から奴隷を助け出す予定です。保護した奴隷は教会で匿う予定ですが、そこでウェンディ様の手を借りられるでしょうか？」

「わたくしは何をすればよろしいの？」

「教会へ寄付をお願いいたします。現状では奴隷全員を養う余裕がなくて……食材や衣類などの現物でも構いません」

「お任せください。他には？」

「今はそれだけで十分です。まずは奴隷を救い出すことが先決ですから」

ヒューベルトを含む実行班は、同時に倉庫で証拠も捜すという。

心配が募るけれど、ウェンディが同行できないのは自明の理だ。

「作戦が嗅ぎつけられれば全員の命が危険に晒されます。ことが明るみにできるまではご内密に」

「わかりました」

それからウェンディはヒューベルトと密会を重ねた。

段取りを聞き、自分の行動が支えになっているのがわかると嬉しかった。

当日はホテルで待機していたため気が気でなかった。

悪い想像ばかりが頭を駆け巡り、平常心を保てない。つい侍女にもキツく当たってしまう。

教会でヒューベルトの顔を見たときはその場で泣き崩れてしまった。

そして。

保護された奴隷の子どもを見た瞬間、疑いきれずに残っていたクラウディアへの敬意は、木っ端微塵に砕け散った。

(あんなにやせ細って……!　どうしてこんな酷いことができるの)

信じられなかった。

完璧な淑女。

社交界では、みながクラウディアをお手本にしたがった。

ウェンディも、クラウディアと比べて至らない自分が悔しかった。妬みを覚えたことさえある。

だというのに。

(人々に囲まれ、美しい笑みを絶やさない人が、裏では非道の限りを尽くしていたなんて)

完璧な淑女は存在しなかった。それどころか人として凶悪な存在だった。

恐ろしさで震える体をヒューベルトが支えてくれる。

「やはりウェンディ様にはお見せするべきではなかったかもしれません。こんなに怖がられて」

「いいえ、いいえ……知れて良かったのです。わたくしは自分の無知が恥ずかしい……」

「恥ずかしくなんかありません！　ウェンディ様は尊き人です。本来なら犯罪とは無縁であるべき方なのに、自分が頼ってしまったばかりに」

「わたくしが頼るよう言ったのです。ヒューベルトは何も悪くありません」

むしろ危険を顧みず奴隷を助け出したヒューベルトは英雄だ。

ことが明るみになれば、国王陛下の目にも留まるかもしれない。

「しかし結局リンジー公爵令嬢に繋がる証拠は見つかりませんでした」

「奴隷にされた方々の証言だけでは不十分なのですか？」

「捕まえられても実行犯だけでしょう。それに……」

奴隷を助けたことで、ウェンディには何かしら好転したように思えていた。

けれどヒューベルトの表情はどんどん暗くなっていく。

「どうしたのです？　もし寄付が足りないなら」

「いえ、寄付は多いくらいで感謝の言葉もありません。だからこそ自分が情けない……っ」

「何をおっしゃいます、ヒューベルトが情けないことなんて」

「ウェンディ様、自分はウェンディ様に打ち明けねばならないことがあります」

眉根を寄せ、心の痛みに耐えるヒューベルトを見ていられず手を握る。

少しでも彼の苦悩を取り除いてあげたかった。

「自分は、罪を犯しました」

「罪、とは？」

「挙げたらキリがありません。情報を得るために不法侵入をしたり、人を騙したことさえあります」

「けれど、それは奴隷にされた人々を助けるためでしょう？」

「はい、巨悪に立ち向かうには、手段を選んではいられなかったんです」

ヒューベルトのおこないは褒められるべきことではない。

だとしても彼が法を破ったおかげで、目の前にいる子どもは助けられたのだ。

ウェンディには、これが罪にあたるとは思えなかった。

「もしかしたら法務官は情状酌量の余地があると判断してくれるかもしれませんが、相手は枢機卿を罷免にできるほどの権力の持ち主です。生半可な証拠では、自分の罪を理由に信憑性がないと棄却されるでしょう」

たとえ助け出された人が目の前にいても無駄です、とヒューベルトは権力の怖さを語る。

真実をねじ曲げる力があるのだと。

ウェンディは侯爵令嬢だ。

貴族として、生まれたときから権力と共にあった。だからこそ憤りで頭が熱くなる。

「正しく使われるべきものなのに……っ」

「悪用する貴族がいることは、ウェンディ様の耳にも届いていると思います。今回は最も質の悪いケースでしょう。そしてこの巨悪に立ち向かうため、これからも自分は罪を重ねると思います」

「わたくしが証言します！　正義はヒューベルトにあることを！」

本当の悪は誰なのか。

決して彼女の良いようにはさせない。

「ありがとうございます。自分が頼れるのはウェンディ様しかいません」

抱き締められ、ウェンディもヒューベルトの背中へ腕を回す。

彼を助けたい、彼の力になりたい一心で。

「自分が恐れているのは、このままリンジー公爵令嬢が王太子殿下の婚約者になることです」

言われてハッとする。

婚約者候補の中で、誰が一番有力かは周知の事実だった。

「もし彼女が婚約者になり、王太子妃にでもなれば国が傾いてしまうかもしれません」

「なんてこと……」

「何としてもリンジー公爵令嬢の罪を暴き、自分とウェンディ様の手で国を救いましょう！」

「はい……！　ヒューベルトならできます、こんなに勇気のある方だもの」

「ウェンディ様がいてくださるからです。ふふ、かっこいいところを見せたくて頑張っているところもあるんですよ」

至近距離で笑みを向けられ頬が熱くなる。

自分も婚約者候補の一人であるにもかかわらず、ウェンディはこの熱を手放せなくなっていた。

夏の間は、ヒューベルトと共に過ごした。

教会への礼拝を隠れ蓑にしていたので頻繁に会えたわけではないものの、ウェンディは十分な幸せを感じていた。

二人が抱える問題は大きい。

まずはクラウディアの罪を白日の下に晒さなければならないのだ。

完璧な淑女は偽りに過ぎず、その正体は貴族の風上にも置けないことを。

ウェンディはヒューベルトやその仲間と協議を重ねた。いつしか仲間内でも、ウェンディがヒューベルトの次に決定権を持つようになっていた。

考えたくはないけれど、もしヒューベルトに何かあった場合のことも話し合われた。

ウェンディが王都へ帰ってからは文通が再開された。

今度は直接ではなく教会を介して修道者から届けられた。運良く、北部で協力してくれていた修道者が王都近くの教会へ転属になったおかげだ。

変わらずヒューベルトは危ない橋を渡っていたが、ウェンディの助力で大分動きやすくなっていた。侯爵令嬢の権力も小さくないのだ。

（クラウディア様、これが正しい使い方よ）

直接本人に言えないのがもどかしい。

明確な証拠が得られるまで、ウェンディの関与は何が何でも隠さなければいけなかった。

侯爵令嬢が動いているとなれば相手の警戒を呼ぶからだ。

ましてやクラウディアとは婚約者候補同士である。

ヒューベルトは関与がバレることで、ウェンディに危害が及ぶことをしきりに心配していた。

（ヒューベルトのほうが危険に晒されているでしょうに）

贈られたスミレのブローチを握る。

（どうかご無事で。きまぐれな神様のご加護がありますように）

窓辺に立ち、祈りを捧げる。

けれどもうウェンディは祈ることしかできない令嬢ではなかった。

ヒューベルトをはじめ仲間たちが動きやすいよう手を回し、判断を求められることも増えてきている。

自信に満ち溢れていた。

小さいながら成果も上がっている。

（この調子なら、遠くない未来にクラウディア様を断罪できるわ）

自分とヒューベルトなら。

しかし輝いて見えていた日々は、呆気なく終わりを告げる。

ヒューベルトの消息がわからなくなったのだ。

連絡係である修道者が悲痛に顔を歪ませる。

「もしかしたら敵に捕らえられたのかもしれません」

「そんな……！」

「ヒューベルトは敵を追い込むための情報を多く持っています。すぐに消されることはないでしょう。それでも猶予はありません」

「どうしたら、どうしたらヒューベルトを救えるの？」

「一刻も早く敵の罪を明らかにするのです。手段は選んでいられません。ウェンディ様、ご決断を」

ヒューベルトが生きているうちに。

以前、もしものときのためにと渡された鞄を見る。

その中には、クラウディアの髪型を模したウィッグと彼女が愛用している香水が入っていた。

（わたくしが、やらなくては）

たとえ、倫理に反しても。

「だってそうしなければ立ち向かえないのだもの」

巨悪な権力者には。

既に依頼も終わり、動き出した歯車は止められない。

「クラウディア様、わたくしがあなたの悪事を暴いてみせるわ」

そしてヒューベルトを救い出す。

ウェンディの決意は固かった。

悪役令嬢は新たな濡れ衣を着せられる

ぼんやりと目が覚めた先に見慣れた天井がある。

シルヴェスターは引き続き元ホスキンス伯爵領にて情報整理をおこなうが、クラウディアは一足先に王都へ帰ってきていた。

考えることがたくさんあったせいか目覚めが良いとは言えない。

サスリール辺境伯領の視察で得られた情報は驚くべきものだった。

（わたくしの偽物が暗躍していたなんて）

サスリール辺境伯の子息ドレスティンは、ニアミリアがシルヴェスターの婚約者になると確信していた。

ブライアンが見抜いた通り、戦争の準備がされていなかったのはそのためだ。

これにはドレスティン一人が唆されただけでなく、サスリール辺境伯も動き、パルテ王国側――ベンディン家と密約を交わしている可能性が高い。

（ドレスティンは、偽クラウディアとベンディン家が手を組めばと言っていたけれど、間にサスリール辺境伯が入っていることは大いに考えられるわ）

現にサスリール辺境伯は商人ギルドへ圧力をかけ情報統制をおこなっていた。

ベンディン家に関わることは全て伏せられるように。

これはクラウディアがドレスティンと対峙している間、ブライアンが商人たちから断片的に訊きだした情報だ。

仮面舞踏会に参加していた商人はみな有力者だった。彼らが一堂に会する場を支部はブライアンへ提供し、圧力に屈するしかなかったことを本部へ釈明したのである。

相手が有力者だけあってブライアンでも核心には触れられなかったが、この情報はシルヴェスターにも渡っている。おかげでパルテ王国と併せて、こちらの件も捜査されることが決まった。

(あとはルキからの報告ね)

王都へ戻るなり、クラウディアは不在時の出来事について聞かされた。

二つの件が繋がっているかはわからないが留意しておくべきだろう。

溜息をつきたくなったところで、ヘレンが起こしにやって来る。

「もう起きてらしたんですか」

「自然と目が覚めてね。どうかしたの?」

何となく、ヘレンの表情が浮かない気がした。

「朝から聞くには気が滅入ると思いますが、また事件がありました」

「事件って、何があったの?」

「貧民街でトーマス伯爵のご遺体が発見されました」

「何ですって⁉」

トーマス伯爵は、王族派の重鎮として知られている人だ。

リンジー公爵家をよく思っておらず、パルテ王国の使節団を迎えるパーティーではウェンディに便乗していた。

「事件ということは、自然死ではないのね？」

「はい、襲われた形跡があり、警ら隊は殺人事件として捜査をはじめたようです」

娼館帰りに貴族が強盗殺人に遭った事件から三か月といったところだろうか。

こうも短期間に事件が起こるのははじめてだった。

（貴族派の次は王族派？　娼婦時代なら死は身近だったけれど）

胸にどんよりとしたものが広がる。

黒い靄（もや）が心臓にまとわりつき、体を重くさせた。

まるでそれが予兆であったかのように、事件が周知されるにつれ、クラウディアが黒幕だという噂がまことしやかに囁かれはじめる。

亡くなった貴族はどちらもリンジー公爵家の敵対勢力であり、二人がいなくなることで一番得をするのはクラウディアだと。トーマス伯爵に至っては、ニアミリアを婚約者候補として迎えるにあたり前向きでもあった。

そこへウェンディが主張していた、クラウディアが犯罪ギルドを良いように操っているという陰謀説が加わる。

事実無根であることは言うまでもない。

間もなく実行犯が捕らえられたが、自白を得られると噂は真実味を帯びていった。

実行犯は依頼であったことを訴え、語られた依頼主の人物像は、緩やかなクセのある長い黒髪にバラの香りがする高貴な女性、とクラウディアを彷彿とさせるものだったのだ。

極めつきに、女性が落としたハンカチにはリンジー公爵家の紋章が施されていたという。

(偽装してまで、わたくしを陥れたい者がいるのは確かだわ)

サスリール辺境伯領でも偽クラウディアの存在を知ったばかりである。

(ここでも、わたくしの香水が使われているのね)

自分にしか入手できないはずの香水を、犯人はどうやって手に入れたのか。

真っ先に思い浮かぶのは、強盗に入られたマリリンの店だ。

強盗犯は香水に使われる高価な原材料には目もくれず、金製品など金目のものとわかるものだけを盗んでいたため香水の知識はないものとされていたが――。

(もしそれすらも偽装だったとしたら?)

真の目的はクラウディア専用の香水にあったとしたらどうだろう。

現物がなくても、レシピがあれば再現は可能だ。

(どれほど前から計画されていたの?)

一日二日でできることではない。

計画の規模を考えると憂鬱さから机に突っ伏したくなる。

それを食い止めてくれたのはヘレンだった。

「クラウディア様、紅茶が入りました」

「ありがとう」

爽やかな香りに鼻腔をくすぐられる。

手の中でさざ波を立てる紅(くれない)の水面は、数多の宝石より気持ちを安らげてくれた。

軽く湯気を吸い込むだけで視界が明瞭になる。

どれだけ社交界で噂が立っていても自室の様子は変わらない。

高級な調度品は、毎日侍女が磨いてくれるおかげでホコリ一つなく。

花瓶に飾られた花や窓から見える庭園が季節の移り変わりを教えてくれる。

どこを見ても手抜かりはなく品位が保たれていた。

(わたくしは恵まれているわ)

富と権力。

限られた者しか手にできないものを持っていることを再認識する。

敵対者が手段を選ばないのもその代償か。

敵対する理由は人によってそれぞれだけれど。

「噂が終息する気配はないわね」

一番大きい声はウェンディのものだった。

実行犯が証言してからは、それ見たことかとクラウディアを糾弾し続けている。

「クラウディア様にはアリバイがありますのに」

「公にできないアリバイがね」

実行犯が依頼を受けた日時には、ローズとしてルキから報告を受けていた。

証明しようとすれば、実際にクラウディアが犯罪ギルドと関係があることを公表しなければならない。

「第一に実行犯はローズガーデンの構成員ではないのよね」

この時点でウェンディの主張とは齟齬が発生している。

犯罪ギルドに横の繋がりはなく、他の組織とは対立関係にある。

事情に精通している者からすれば、実行犯が他勢力の構成員である時点で、クラウディアの陰謀とは言えないのだ。

「ちぐはぐだわ。噂とはそういうもの、と言ってしまえばそれまでだけれど」

最早ウェンディからは完全に距離を置かれ、直接話を訊くことはできなかった。

貴族派のお茶会に出席したシャーロットですら取り付く島もなかったという。

「あくまで噂の域に留まっているのは、みなさんもウェンディ様のお話を全て信じているわけでないからでしょう」

「実行犯の証言は明らかに作為的だもの」

ここでも一貫性のない状況が起きていた。

噂の中でクラウディアは裏で犯罪ギルドを牛耳っている狡猾(こうかつ)な人物として語られ、実行犯の証言では家の紋章入りのハンカチを落とすという間抜けな一面を見せている。

狡猾な人間は、自分に繋がる証拠を残したりしない。

噂は広がっていても、真実クラウディアを疑っている人はほとんどいなかった。

(何故か陰謀論って人気があるのよね)

隠された真実を自分だけが知っている気になれるからだろうか。

確かなのは、みな面白そうな話題で遊んでいるだけということだ。名誉を傷つけるような一線を越えない限り、リンジー公爵家も静観している。

ただウェンディだけは目に余るものがあり、ロイド侯爵家に対して抗議文を送っていた。

「ウェンディ様にはロイド侯爵も手を焼いているようね」

「侯爵家の侍女から聞いたんですけど、現在ウェンディ様は外出を禁じられているそうです」

今までは父親のほうが娘にクラウディアと距離を取るよう言っていた。

学園にて貴族派の女生徒が異母妹(フェルミナ)と共に罪を犯した件で、貴族派が反感を買ったためだ。

貴族派の中でもシャーロットとウェンディは立ち位置が異なり、ロイド侯爵はクラウディアと接触を避けることを選んだ。

そんな父親ですら、娘のおこないには行き過ぎを感じているのである。

「ウェンディ様の変わりようも話題ですから、ロイド侯爵も気が気でないと思います」

下手をすると婚約者候補からも外されかねない。

令嬢とその家にとって、王太子の婚約者候補に選ばれることは名誉だった。

婚約者になれなくとも王家から実力を認められた事実に違いはなく、その恩恵は決して少なくない。

だが途中で外されたとなれば、プラスで働いていたものが全てマイナスに変わる。

聞き分けの良かった娘の思いも寄らない反抗に父親としても侯爵家当主としても頭が痛いだろう。

「ウェンディ様の件は残念ですが、きっと長続きしませんよ。侍女たちですら不満を溜めていますから、あの方に求心力はありません」

世間話という体で侍女たちは情報交換を欠かさない。

より良い職場探しや、主人の要望に応えるためなど理由は様々だ。

もちろん守秘義務に反しない範囲だが、主人の人となりなどは自然と伝わってくる。

クラウディアの脳裏には王城で開催されたお茶会でのことが浮かんでいた。

足を痛めた侍女に、ウェンディは見向きもしなかった。

「昔から、というわけではないわよね？」

「はい、今年に入ってからでしょうか？　次第に距離ができていったようで、今では傍で控えるのも許してもらえないとか」

もしかしたら、その時期に何かあったのだろうか。

「詳しく訊いておきますか？」

「お願いするわ。何をきっかけに人が変わってしまったのかわかるかもしれないから」

お任せください、と胸を叩くヘレンが頼もしい。

貴族派のことを探るには時間がかかるとシルヴェスターは言っていたけれど、案外身近なところから情報が見つかりそうだった。

（侍女様々ね）

逆行してからクラウディアが蔑ろにしたことはないけれど貴族にとって使用人は空気と同じだった。時にはいないものとして扱われるほどだ。

案外それが盲点になっていることもあるかもしれない。

ヘレンの予言が当たったのか、ほどなくして実行犯の依頼主──クラウディアを装った犯人が判明する。

これはローズガーデンが捜査に協力した結果でもあったが、社交界はより一層慌ただしくなった。

犯人の正体は、ウェンディ・ロイド。

クラウディアの陰謀論を説いた、その人だった。

話はルキから報告を受けたときに遡る。

サスリール辺境伯領から帰ったクラウディアは、ローズとして地下にあるローズガーデンの事務所を訪れた。

「他勢力の構成員が外貨を所持していたと？」

ルキには娼館帰りに貴族が襲われた事件について調べてもらっていたが、その道中で他勢力の構成員とひと悶着あったという。

「よそのヤツらが遊びに来る分には構わねぇ。だが外貨を持ってたのが引っかかったんだ」

ハーランド王国内にて外貨を所持する人間は限られる。

他国と隣接する辺境なら出回っていても不思議ではないが、王都となれば話は別だ。他国の外交官ですら換金して、ハーランド王国の通貨を使う。

「しかも訊けば、根っからのハーランド王国民だって答えやがる。じゃあどうして外貨を持ってたんだって話だ」

「後ろ暗い理由があったのか」

「ヤツら、おれらの縄張りで仕事しようとしてやがった」

犯罪ギルドには外貨に触れる機会がある。その最たる例が、暗殺などの依頼時だった。

依頼主は身分を隠すために外貨を使用する場合が多い。あわよくば外国籍だと思い込ませようとする魂胆もあった。

だが本来、犯罪ギルドは自分の縄張り外で依頼を受けない。

他人の縄張りを荒らすことになるからだ。

にもかかわらず強行しようとしていたのは積まれた金に目が眩んだせいだった。

「依頼内容については?」

「それがよー、ものの運搬だったんだよなぁ」

「運び屋ということか?」

「しかも王都内で完結するやつな。だったらおれらに依頼すれば良い話じゃねー?　どうしてよそ者を使う必要があんだよ」

いつにも増して間延びした喋り方に、ルキの鬱屈が見て取れる。

フードから落ちる金髪も些かくすんでいた。

「落とし前はつけさせたけどよぉ。あれからずっとこの世で一番嫌いなヤツの顔が頭にチラついて仕方ねぇんだ」

「枢機卿が関わっていると？」

「わかんねぇ。だけどモヤモヤする。こんなまどろっこしいやり方をヤツはしない。けどさ、おれらがどこと繋がってるか、ヤツならわかるんじゃねぇか」

ナイジェル枢機卿は以前ルキたちを支配していた。

そしてそのとき、ルキたちの情報を基にクラウディアは動いている。

最終的にナイジェル枢機卿を追い詰めたのはシルヴェスターだが、もしクラウディアの動きを気取られていたら？

（ウェンディ様の情報源は枢機卿かもしれないということ？）

依頼内容をクラウディアに知られたくなかったなら、ローズガーデンを使わなかった理由になる。

頭の中でパズルのピースがぱちぱちと一部はまる音がした。

「依頼の詳細はわかっているか？」

「おうよ。運び先は貧民街だったぜ」

他にも受け取りの日時など、ルキはきっちり訊きだしていた。

落とし前をつけさせたと言っていたので、この依頼は流れる可能性が高いが頭の隅に置いておく。

「念のため貧民街でも警戒してもらったほうがいいな」

「わかった、伝えとく。あとさ、姉御が気にしてた件なんだけどよ」

「襲われた貴族の事件についてか」

「あれも他勢力の構成員が動いていた可能性がある」

犯罪ギルドといえども縄張り外での仕事は忌避する。

しかし今回のように金を積まれて動いた者がいたかもしれないとルキは言う。

「もし他勢力の犯行だったら警ら隊が追えねぇのも頷ける。王都以外の地方で盗品を捌かれたら調べようがねぇからな」

犯罪が領地を越えておこなわれることは稀にある。

警ら隊には横の繋がりがあるものの、どうしても領地ごとに情報は遮断されがちだった。領主間の関係が影響してくるからだ。

「その線は薄いと考えていたのだが」

「どこにでも後先考えないバカはいるもんだ」

ルキが遭遇した四人組がそうだった。

抗争を起こすつもりがないなら、こっそり仕事だけして自分の縄張りに帰るのが最善策である。

仕事前に現地の構成員と揉めるなんて考えられない。

「抗争の意思はなかったのだな？」

「あったら今頃抗争中だっての」

本当に数人の構成員が組織と関係なくバカをやったらしい。

「もっというならバカだから縄張り外の依頼を受けちまったんだろ」

普通はやはり受けないものだ。

犯罪ギルドにも犯罪ギルドなりのルールが存在する。

「事件についてはもう追えねぇと思う」

ルキなりに娼婦たちにも聞き込みをしてくれたが結果は芳しくなかった。

「あれぐらいからパルテ王国の連中が客に増えたとは言ってたけどな」

「使節団が来る前からか」

「そうそう。国民全員が戦士なんだって？　筋肉隆々の体に姉さんたちが色めき立ってたよ。野性味溢れる体臭もいいらしい。おれにはさっぱりわかんねぇけど」

「体を鍛えるのが日課だから、私たちより体臭が出やすいのかもしれないな」

ニアミリアからは何も感じなかったけれど、言われてみれば使節団員からは独特の香りがした気がする。

「とりあえず事件については一旦忘れて、運搬依頼を注視しておいてくれ」

「りょーかい。よそ者の出入りも入念にチェックしてある」

後先考えないバカの仕業だとしても、他勢力に好き勝手動かれていては威信に傷が付く。

クラウディアが命令するまでもなくローズガーデンの構成員たちは自主的に動いていた。

そして第二の事件は発生した。

貧民街を含め、警ら隊以上にローズガーデンの構成員たちが目を光らせていたことで、他勢力の構成員が受けた運搬依頼は、被害者貴族を遺棄することだったと判明した。

彼らは殺人を請け負っていたが、ただの運搬だと嘘をついていたのだ。

ルキが他勢力の構成員を使いものにならなくしたことで、依頼主は新たな依頼を出さざるを得なくなった。

その依頼を出したのが、ローズがルキから報告を受けていたタイミングだ。

実行犯を比較的早く捕まえられたのは、ローズガーデンがよそ者を警戒して見張っていたおかげだった。

不審者の情報を整理し、警ら隊へ渡したのも大きい。

そこで実行犯の証言とは別に、被害者貴族の引き渡し場所などからウェンディの関与が浮上した。

ウェンディは当局の捜査に対してずっとクラウディアによる陰謀を訴えていたが、遂には使用人によって変装が暴露され、依頼時に使用した香水が提出された。

ウェンディは鞄に入れて変装道具を隠していたようだが、不審な動きを侍女たちに気取られていた。

暴露した使用人は、王城庭園のお茶会でウェンディに強くあたられていた侍女だった。

侍女は恩人であるクラウディアを責め立てるウェンディに我慢ならなかったと証言したという。

一連の報告を自室で聞いたクラウディアは天井を仰ぐ。

「もしかしてとは思ったけれど、ウェンディ様は全て知った上でわたくしの陰謀論を訴えていたの？」

仕組んだのがウェンディなら、そういうことになる。

彼女はわざわざ他勢力の構成員を使っておきながら、犯罪ギルドに関する全ての犯行はクラウディアによるものだと主張していたのだ。

「いくら何でも無理があるでしょうに」

「クラウディア様に罪を被せてまで陰謀論を訴えたかったということですよね」

一体何がそれほどまでに彼女を突き動かしたのか。

「最後は使用人に裏切られたと思っているのかしら」

「関与が浮上した時点で時間の問題ですよね？」

被害者であるトーマス伯爵が最後に会ったのがウェンディだった。

ウェンディは家の馬車でトーマス伯爵と出掛け、出先で別れたと証言したが、トーマス伯爵の馬車が手配された形跡がなかった。

貴族が出先で歩いて帰るなどあり得ない。

ウェンディの証言が本当なら、必ずどこかで馬車が呼ばれたはずだ。

当日の担当だったウェンディの御者は口を噤んでいたものの、変装の証拠が出ると引き渡し場所へ行ったことを認めた。

「捜査が進めば進むほど、いつかボロが出たでしょう」

「一度目の事件では証拠を一切残さなかったというのにね」

「それで味を占めて杜撰（ずさん）になったんじゃありませんか？」

ウェンディはトーマス伯爵の事件だけでなく、貴族派が強盗殺人に遭った事件でも容疑者に上がっている。

クラウディアに濡れ衣を着せるため、他勢力の構成員を雇ったとみられているのだ。

だがこちらは証拠がないため立件には至っていない。

それでも世論はウェンディの犯行だと信じて疑わなかった。

「ビギナーズラックで調子に乗ってしまう方もいると聞きます」

「賭場ではよくある話ね」

犯罪ギルドが運営する賭場では、ビギナーズラックを装い作為的に客の気分を上げてからカモにするのが常套手段だ。

「クラウディア様は、一度目の事件は別の方の犯行だとお考えですか？」

「そのほうがしっくりするのよ。ウェンディ様の犯行は粗が目立ち過ぎるわ」

トーマス伯爵の事件では、当初依頼していた構成員が使えなくなるというイレギュラーが発生していた。そのせいで計画が乱雑になってしまったとも考えられる。

(でも腑に落ちないのは何故かしら)

貴族派が被害者の事件では、あまりにも証拠が出ていないせいか。

ルキですら追うことが難しかった。

「ウェンディ様から話が訊けるのを願うしかないわね」

「果たして真実を語っていただけるでしょうか？」

「わからないわ。けれど勝手にウェンディ様の心情を想像するより、本人に伺ったほうが確かよ」

現在ウェンディは警ら隊の施設で拘留されている。

面会を申し出たところ受理されたため、明日訪問する予定になっていた。


警ら隊の詰所は王都に点在しているが、本拠点となる施設は王都郊外にあった。

リンジー公爵家からは時間がかかるため朝に出発し、昼の到着を目指す。

辿り着いた先には高い塀が聳えていた。

門は常に閉ざされており、人の出入りがあるときだけ開かれるという。

前世でも訪れたことのない場所へ、はじめて足を踏み入れる。

(門が世界を分かつ、と言うのは大袈裟ね)

警ら隊員や施設の従業員は毎日この門を行き来しているのだ。

クラウディアにとっても感慨はなかった。

長方形の建物には装飾がなく、四角い石を置いただけのようにも見える。

入館手続きを終わらせ、案内に従う。

実用性が重視された施設内には無駄なものが一切なかった。

窓から入る日差しが宙に舞うホコリを視認させるが、汚れたところはない。

「もっと物々しいところを想像していました」

「そうね、貴族用の棟だからかしら」

申し訳程度に絨毯が敷かれているだけだが廊下は広く、鬱塞とした雰囲気とは無縁だ。

全体的に清掃が行き届いているのは、こうしてクラウディアのような人間が訪れる機会があるからだろう。

平民用の拘留場所が別にあることは施設の案内図に描かれていた。

「こちらがウェンディ・ロイドの部屋です」

警ら隊員監視の下、部屋へ入る。

室内にはウェンディを見張るための警ら隊員も待機していた。

面会の間、拘留者は手枷と足枷を着けられ行動を制限される。

床には線が引かれ、面会者は線を越えて拘留者には近付けない。

ウェンディはすっかり憔悴して見えたが、クラウディアへ向ける眼光の鋭さは衰えていなかった。

ギラギラとした瞳に、深窓の令嬢と呼ばれた頃の面影はない。

「き、来たわね！　この悪女が！」

「挨拶もなしにあんまりではありませんか？」

「わたくしがあなたと和やかに言葉を交わすとでも⁉」

「ですが面会を認めてくださりましたよね？」

ウェンディの許諾なしに面会は通らない。

「それは、わたくしが！　ここであなたの悪事を暴くためよ！」

「わかりました、先にお話しください」

クラウディアの目的は、ウェンディから直接事情を聞くことだ。

誰かに曲解されたものでない彼女の本音を。

「ふ、ふんっ、余裕ぶっていればいいわ。そうやって人を騙すのよね」

わかってる、わかってるんだから、とウェンディは小声で繰り返す。

「トーマス伯爵の件も、わたくしを捕まえるためにあなたが仕組んだのでしょう！」

「何をどう仕組んだとおっしゃるのです？」

「手下を使って、わたくしの計画を狂わせたのよ！　本当ならここにいるのは、あなたのはずだったのに！」

「そのウェンディ様の計画というのは、トーマス伯爵殺害の件で間違いありませんか？」

「あなたがっ、あなたが！　わたくしにトーマス伯爵を殺させたの！　それもこうしてわたくしを捕まえるためでしょう⁉」

ウェンディが計画したのなら捕まるのは道理だ。

無理のあるこじつけに、見張りの警ら隊員も呆れた表情を見せる。

（ウェンディ様がトーマス伯爵を殺害するよう、わたくしが意図的に仕組んだと言いたいのでしょうけれど）

どうしてそういう考えに至ってしまうのか。

（何か理由があるはずだわ）

心配そうに視線を送ってくるヘレンに大丈夫だと頷く。

「ウェンディ様はわたくしの悪事を暴くとおっしゃいました。ならば順を追ってお話しください。まずどこでわたくしが怪しいと思われたのですか？」

「……」

クラウディアが聞く姿勢を見せると、ウェンディは黙り込んだ。

視線の動きから考えを巡らせているのがわかる。

「それを聞いてどうするつもりです」

「わたくしはウェンディ様のお考えが知りたいだけですわ。話されたくないのなら強くは求めません」

「わたくしが掴んでいる情報を聞きだそうという魂胆(こんたん)ではないの？」

「ウェンディ様が話しても大丈夫だと思われる範囲で結構ですわ」

「わたくしは、わたくしは、あなたを捕まえたかった。だけど、どうしてわたくしが捕まっているの？　それも貴族派の事件までわたくしの犯行にされているわ！」

噛み合っているようで、噛み合わない会話が続く。

けれど少し進展があったように思えた。

貴族派が強盗殺人に遭った事件について、ウェンディは自分ではないと主張しているのだ。

「わかっているの、あなたが仕組んだことでしょう!?　わたくしがあなたの犯行だと突き止めたから、わたくしに罪を被せようとトーマス伯爵を殺させたの！」

「ウェンディ様は貴族派の事件に関与されていないのですね？」

「そうよ！　ずっとそう言っているわ！」

「トーマス伯爵の件も、わたくしの犯行だと主張されていましたが、実際はウェンディ様の計画でしたわ」

「あなたを捕まえるための計画よ！　貴族派の事件と一緒にしないで！」

傍から見ればウェンディの証言に信憑性は得られないが、彼女の中では筋が通っているようだ。

「貴族派の事件はあなたが依頼したことだって突き止めているわ！　今から手下を送っても遅いわよ！」

実行犯はウェンディが匿っていると語る。証人として保護するため、居場所は彼女しか知らないと。

警ら隊員に驚いた様子はない。事前に聴取済みのようだ。

（こちらの件は警ら隊に任せましょう）

裏付けを取るために彼らも動く。

ウェンディの証言通り実行犯が匿われているなら捕まえるはずだ。

（ただ嫌な予感がするのは何故かしら）

「わたくしを捕まえるために香水まで用意して変装されたのですか？」

「ええ、そうでもしないとあなたは捕まえられないもの」

「香水はどうやって入手されたのです？」

「あなたに言う必要はないわ」

「香水の調香をお願いしているマリリンの店が強盗に遭ったのはご存じですか」

「あなたっ……！　マリリンのことまでわたくしの罪にする気⁉　どこまで非道なの⁉」

ウェンディが怒りに身を震わせる。

　これが演技なら大したものだ。

「関係がないなら手に入れた経緯をご説明いただけるのでは？」

「親切な方からいただいたのよ」

「怪しいと思われなかったのですか？　わたくし専用の香水は、わたくしにしか購入できないというのに」

「正義のためよ！　あなたの罪を明るみにし、断罪するため！」

「正義のためなら犯罪も厭わないと？」

「そうしなければ、あなたのような巨悪には立ち向かえないもの。でもね、あなたとは違って、わたくしたちのおこないは人を助けるのよ！」

　――あぁ、やっぱり。

　嫌な予感が的中したのを感じる。彼女一人の犯行ではなかった。

　トーマス伯爵の事件でも実行犯が別にいたように、ウェンディは人を使うことしか知らない。

　当然といえば当然のことだった。

　ウェンディは、深窓の令嬢とうたわれていた根っからの貴族令嬢である。

　逆行したクラウディアとは違うのだ。

　それに今までの彼女は受け身だった。父親の言い付けを守り、クラウディアと距離を取るほどに。

　けれど、あるときを境に行動が変わった。

きっかけがあったのだ。

正確には、きっかけをもたらした人物がいる。

侍女と距離を置いても頼れる相手が。

ウェンディが、「わたくしたち」と言ったその人物が。

(ウェンディ様を騙した)

嘘を吹き込み、考え方を変えさせた。

もっと悪いのは彼女を利用していることだ。

怒りと共に悲しみが湧いた。

カッと頭に上った熱が目頭に集中する。

(ウェンディ様は、逆行前のわたくしと一緒だわ)

人に乗せられ、罪を犯した自分と。

そして越えてはならない一線を越えた。

意図的にトーマス伯爵を殺害するよう仕向けられたという彼女の言い分は皮肉にも当たっている。

問題はクラウディアにではなく、彼女が信頼する相手に、ということだ。

(なんてこと……)

こんな酷い話があっていいのか。

彼女が持っている情報から、薄々、裏に誰かいると察してはいた。

ウェンディは未だにその人物との正義を、絆を信じているのだ。

先ほどの考える素振りからも、ウェンディが余計な情報を口にしないよう気を付けているのは窺える。

（せめて相手の正体を突き止められるかしら）

クラウディアからすれば、その人物のほうが巨悪だった。放置はできない。

とりあえずウェンディと会話を続けることが重要だろうと話を振る。

もしかしたら弾みで情報が漏れるかもしれない。

「ウェンディ様がわたくしを捕まえたい理由は、パーティーでおっしゃっていた企てが全てですか？」

「そうよ、わたくしは知っているんですから！」

ウェンディが挙げていたのは犯罪ギルドの関わりと、アラカネル連合王国との結託だ。その流れで貴族派が強盗殺人に遭った事件もクラウディアの企みだと言っていた。

彼女の主張は変わっていない。

完全に破綻しているわけでもないのだ。それならと、彼女の考えを訊ねる。

「ニアミリア様が新たに婚約者候補として擁立されましたが、ウェンディ様は誰がシルヴェスター殿下の婚約者に相応しいとお考えですか？」

「あなたでないのは確かよ」

「わたくし以外なら誰でも良いのかしら？」

「……ルイーゼ様が順当でしょうね。シャーロット様の家では、議会を制御しきれないと思うわ」

「ニアミリア様はどうです？」

「パルテ王国がハーランド王国へ対し、何の貢献ができるというの？　あなたへの不信感がなければ、ニアミリア様が擁立されることもなかったでしょう」

「ウェンディ様は、わたくしへの不信感から新たな婚約者候補が擁立されたとお考えなのね？」

「それ以外に理由があって？　あなたが他に理由を求めているなら、現実から目を逸らしたいだけよ」

パルテ王国民の反感感情についてはウェンディの耳にも入っているはずだが、彼女は意に介していないようだ。

ウェンディの思考は、悪い意味でクラウディアを中心に回っている。

けれど、引っかかりを覚えた。

「ウェンディ様はどうなのですか？」

「質問の意図がわかりませんわ」

「シルヴェスター殿下の婚約者として相応しいのではなくて？　ロイド侯爵家なら議会も制御できるでしょう？」

比較的に歴史の浅いシャーロットの家とは違い、ウェンディとルイーゼの家格は同等だ。

ルイーゼが候補に挙がるなら、ウェンディも挙がって然るべきである。

何故彼女は自分を候補に入れないのか、それが引っかかった。

目に見えてウェンディが口ごもる。

その表情には見覚えがあった。

「わ、わたくしは……」

「ウェンディ様の正義は、国を思ってのことでしょう？」

「そうよっ、国をあなたの良いようにはさせないわ！」

「ならばウェンディ様が婚約者になられるのが一番ではなくて？」

「……」

視線を落としたウェンディは膝に乗せた手を握り締める。

婚約者になれない理由があるのか、なりたくないのか。

自分を候補に挙げないのは、このどちらかだ。

ふと、ウェンディの胸元を飾るスミレのブローチに目が留まった。

自身の手入れもままならない状況の中で、ブローチだけが新品同然に輝いている。

（とても大事にされているのね）

警ら隊の施設に侍女は連れていけない。身の回りのことは全て自分でする必要があった。

くたびれて見えるのは人の手を借りられないせいもあるだろう。

そんな慣れない環境の中で、ブローチだけは綺麗に磨かれている。

思いだせばパーティーでもお茶会でも、ウェンディは同じブローチを着けていた。

（きっと誰かからの贈り物だわ）

自分で購入した可能性もあるけれど。

「素敵なブローチですわね」

「っ、これが、何か⁉」

「綺麗だなと思っただけですわ。ウェンディ様によく似合っておいでです。贈られた方はとても良いセンスをされているのね」

扇を揺らし、ニコリと微笑む。

さも意味ありげな表情を作るのは得意だった。

気の強さを窺わせる容姿のおかげで、わざと優しい表情を作るだけでそれができあがる。

ウェンディは簡単に引っかかった。

「ヒューベルトに何をしたの⁉」

勝手にクラウディアの思惑を想像して激高する。

勢い良く立ち上がったせいで手枷に繋がった鎖がガチャガチャと硬質な音を立てた。

重みに引っ張られて痛いだろうにウェンディは意に介しない。

「彼に少しでも危害を加えたら許さないわよ！」

顔にシワを作り、歯を剥き出しにして咆哮する。

警ら隊員がウェンディの肩を押して椅子に座らせるが、元から十分な距離が取られているので脅威はなかった。

クラウディアは驚きよりも、切なさに胸を締め付けられる。

「ヒューベルトを愛しているのね」

「うるさい、うるさい、うるさい！　あなたが彼の名前を口にしないで！」

警ら隊に押さえ付けられながらも、ウェンディはブローチと同じスミレ色の髪を振り乱す。

何故、自分を婚約者に挙げないのか。

何故、ブローチだけが綺麗に磨かれているのか。

何より見覚えのあるウェンディの表情が思い人の存在を物語っていた。

（トリスタン様とのことを話すルーと一緒だったもの）

ふしだらだと自分を語っていたルイーゼとは罪の意識に雲泥の差があるけれど。

王太子の婚約者候補でありながら、他の人を好きになったのは同じだった。

感情を露わにするウェンディを見た警ら隊員が判断を下す。

「リンジー公爵令嬢、申し訳ありませんが、これ以上の面会は続行不可能と存じます」

「わかりました。失礼させていただきますわ」

辞するクラウディアの背中にウェンディが叫ぶ。

「ヒューベルトに手を出せば、あなた自身の首を絞めることになるわよ！　彼は凄い人なんだから！　彼こそが正義なの！」

それにクラウディアが答えることはなかった。

ただウェンディが何としても彼を守りたいことだけは伝わった。


「クラウディア様、お疲れではありませんか？」

「精神的にくるものはあったわね」

施設を出て、ヘレンと馬車に乗る。

二人のときは対面して座るのが普通だ。けれど今回ヘレンは隣へ腰を下ろした。

「どうぞ、わたしの肩にもたれてお休みください」

「ありがとう」

言われるまま頭を預ける。

ヘレンの優しさを受けて、全身から力が抜けた。

「ウェンディ様を怒らせてしまったわね」

「最初から怒っていましたよ」

「それはそうだけど理由が違うわ」

悪事について怒ることと、好きな人を守るために怒ることは同一視できない。

特に後者は必要のない精神的負担をウェンディに強いた。

手を出すどころか、クラウディアはヒューベルトのことを一切知らないというのに。

「ウェンディ様が侍女と距離を置きはじめた時期と合わせて、ヒューベルトについても調べるべきね」

「わたしのほうでも訊いておきます。ウェンディ様の件で、ロイド家の侍女たちはクラウディア様に献身的ですから」

これ以上リンジー公爵家の怒りを買わないためだろう。

誰の目にもウェンディが悪人に映っていた。

「ヒューベルトという人物が怪しいとお考えですか?」

「少なくともウェンディ様を変えるきっかけになった人だと思うわ。悪い人でなければ、すぐに居所を掴めるはずよ」

ウェンディの言う通り、真実、ヒューベルトが正義の人なら。

「後ろ暗いことがなければ隠れる必要はないですからね。でも彼がウェンディ様を騙していたなら」

「もうとっくに姿を消しているでしょうね」

人を騙して利用する狡猾な人間が、自分に繋がる証拠を残しているとは考えにくい。

「どこまでが彼の謀かはわからないけれど……」

ウェンディが匿っている証人も怪しい。

警ら隊やルキですら追えなかった実行犯を、彼女はどうやって見つけたのか？

クラウディアの企みだと思い込ませるために、これもヒューベルトによって用意されたようにしか思えなかった。

それにウェンディの証言を裏付けるための捜査で、証人となる貴族派を襲った実行犯を捕まえられなかったら、ますます彼女の状況は不利になり誰も耳を貸さなくなる。

「ウェンディ様だけが罪を被るのは避けたいわ」

ヒューベルトは紛れもなく共犯者だ。彼も罪に問われて然るべきである。

ただ望みとは裏腹に、捕らえるのは無理だと理性が囁く。

どこにいるかすら定かでないのだ。

（暗躍している者がいるのは確かなのに）

正体を掴みきれない感覚は、サスリール辺境伯領でも感じた。

煮え切らない思いに、状況を整理しようと口を開く。

「支離滅裂なところもあったけれど、ウェンディ様の主張はパーティーのときから変わってないわ」

「そのようでしたね。ウェンディ様がクラウディア様を装ったのは、トーマス伯爵の事件一回だけでしょうか？」

「だと思うわ。少なくとも南部のサスリール辺境伯には関わっていないでしょう」

ウェンディが匿っている貴族派襲撃の実行犯の証言は、偽証の疑いがあるので保留にする。本当に匿えているのかも怪しいくらいだ。

それを除いたら、偽クラウディアが確認されているのは二回。

サスリール辺境伯とトーマス伯爵の事件でだ。

トーマス伯爵の事件ではウェンディが装ったことが判明している。

「ウェンディ様にはドレスティンを翻弄する技量も、南部へ行っている時間もないと思うわ」

マリリンの店が強盗に入られたのは四月。

サスリール辺境伯に偽クラウディアが現れたと考えられるのは、香水が入手できた春から夏の間だ。

夏の間、ウェンディは北部に滞在している。

動けるのは春しかないが、彼女の周辺からも南部にいた話は出ていない。

なるほど、とヘレンが頷く。

「あの様子を見る限り、ドレスティン様のご主人様になるのも難しそうですね」

クラウディアだから話――ロールプレイを合わせせられたのだ。

深窓の令嬢とうたわれていた侯爵令嬢ができることではない。

「そう考えると、サスリール辺境伯領に現れたのはプロのようね」

人を騙すことに慣れた。

計画の規模を考えても、関わっているのは手練れだろう
隣り合っているとはいえ、サスリール辺境伯とベンデン家は国を跨いでいる。

しかもクラウディアが仮面舞踏会に参加しなければ、偽クラウディアがいたことに気付けなかった。

偽装された二件の繋がりは香水。

裏で糸を引いているのは一体誰なのか。

(ルキと一緒ね。どうしても枢機卿の顔がチラつくわ)

弧を描く碧眼が脳裏を過る。

これでは大事なことを見落としかねないと頭を振って幻影を追いやった。

何にせよサスリール辺境伯領の件では、パルテ王国――ベンディン家と関わりがあるのだ。ことはハーランド王国だけで済まないと気を引き締める。

「営業時間に間に合うなら、マリリンの店へ寄りましょう」

「香水についてお訊ねになるんですか?」

「ええ、わたくし用の調香は彼女しか知らないもの」

にもかかわらずドレスティンも、ウェンディも香水を入手している。

出回っているものではないから二人の入手先は同じだろう。

香水は現物がなくても、材料の配合などがわかれば再現が可能だ。

微細な部分はマリリンにしか表現できないとしても近いものは作れる。

別日に改めたほうがいいのだろうが、ウェンディの話を聞いたあとだと早く確認したい気持ちが勝ってしまった。

「では到着したら起こしますのでお休みください」

王都郊外から中心部への移動は時間を要する。

考えを整理できたのもあって、クラウディアはヘレンの言葉に甘えた。

思いの外、気疲れしていたのか、瞼が落ちるのに時間はかからなかった。


マリリンの店に到着すると、新しくなった店構えの可愛らしさに目が覚める。

ミント色を基調に枠組みにはダークブラウン、柱には白が使われているのだが、不思議と奇抜さは感じられない。

大きな窓から見える店内に重厚な暗褐色のカウンターが設置されているからだろうか。

外からでも落ち着いた雰囲気が察せられ、これなら男性客も入りやすいように思う。

調香にも使うハーブを用いたスワッグが壁に並ぶ光景は、マリリンのセンスの良さを窺わせた。

「これはクラウディア様、ようこそおいでくださいました！」

ぱぁっと周囲が華やぐ笑顔で迎えられる。

艶やかなベージュの髪を後ろでまとめ、クラウディアとは真逆のタレ目が特徴的だった。

身長が高いのもあって黙っていると大人の女性という感じだが、一度口を開くと可愛らしさが前面に押し出される。

「お久しぶり。営業のほうはどうかしら？　もう落ち着いていて？」

「おかげ様で通常営業に戻っております。本日は新しい香水をお求めですか？」

「オススメがあるなら試してみたいけれど、時間がありそうならお話を伺えるかしら？」

「はい、奥へどうぞ」

案内されるまま、新しくなった店奥へ進む。

公爵令嬢という身分もあって、クラウディアが店を訪れるときはカウンターではなく別室へ通されることが多い。そちらのほうが他の客の目を気にせず、ゆったり買い物できるからだ。

それとは別に気さくなマリリンの人柄もあって、クラウディアはつい長居しがちだった。

娼婦時代、調香が得意だったといっても、そこは素人。改めてプロの意見を訊ける時間は有意義だった。

（本来なら授業料を払わないといけないのに）

自分も調香について詳しく話せて嬉しいからとマリリンはお金を受け取らなかった。

通された部屋は広く、来客用のソファーやテーブルの他に、壁際には作業台が置かれていた。

素材が入れられているであろう薬棚の存在に目が輝く。

（いけない、本題を忘れてしまいそうだわ）

真新しくなったのもあって、つい目を奪われてしまう自分を律する。

お茶を用意してくれたマリリンが腰を下ろしたところで、クラウディアも居住まいを正した。

「予定も確認しないで急にごめんなさい」

「クラウディア様ならいつでも大歓迎です！　お気になさらないでください」

「あまり楽しい話でもないのよ。思いだしたくないなら無理は言わないわ。お店が襲われた件で確認したいことがあるの」

久しぶりに顔を合わせた話題がこれでは気を悪くされても仕方ない。

クラウディアの都合でしかないのだが、マリリンは嫌な顔一つ見せなかった。

「ただの興味本位でクラウディア様がお訊ねになることはありませんから、わたしにお答えできることでしたら何なりと！　警ら隊にも散々聴取を受けましたから当日の行動はスラスラお話できますよ」

楽しそうに口を開けて笑うマリリンに救われる。

「ショックだったでしょう？」

「数日は塞ぎ込んでしまいましたが、クラウディア様をはじめ常連の方々の励ましで吹っ切れました。以前から使いにくいと思っていた部分も、これを機に直せましたし」

何度も同じことを警ら隊に話すうちに、こんなことで負けてられるかと気が奮い立ったという。

トラウマにはなっていないようで安心した。

「犯人はまだ捕まっていないのよね」

「はい、犯人に繋がるような証拠も出ていません。盗まれたものが換金された形跡もないようです」

これは貴族派の事件と同じだ。

「香水関係のものは無事だったと聞いているけれど、荒らされてはいたのかしら？」

「そうですね、店全体がひっくり返ったようでした」

「香水の配合について盗み見られた可能性はある？」

一番訊きたかったことを口にした瞬間、マリリンが目を見開いて動きを止める。

「あ、あります……！　わたしも腑に落ちなかったんです！」

マリリン曰く、警ら隊から犯人は金目のものとわかるものしか盗んでいないため、香水に興味があったわけではないと聞かされたときに違和感を覚えたという。

奥の部屋も合わせて店全体が荒らされていたからだ。

そこには明らかに金目のものと関係ない、配合を記述したノートや書類などもあった。

盗みに入ったのなら、早く出たいものではないのか。

「犯人にとって必要のない場所まで荒らしているように思えて不思議だったんです。まさか香水の配合が真の目的だったんですか⁉」

「情報を盗むのが目的なら、物取りは目眩ましだったのかもしれないわ。でもこれはわたくしの推測に過ぎないの」

とりあえず片っ端から荒らして金目のものを探したという警ら隊の見解もあり得る。

けれどマリリンは、クラウディアの推測を信じた。

「ご明察、恐れ入りました。警ら隊にも伝えておいたほうがいいでしょうか？」

「そうね、マリリンの直感も話しておいたほうが良いと思うわ」

「わかりました……あ！」

「どうかして？」

「直感で思いだしたんですけど、当日気になった香りがあったんです」

「香り？」

「すぐには何の香りかわからなくて……荒らされたせいで、埃っぽかったからかもしれませんし。ただ最近、似た香りを嗅いだんです」

「何の香りでしたの？」

「調香に詳しいクラウディア様だから話せるんですけど、パルテ王国の方の体臭に近かったように感じました」

彼らの香りについてはルキとも話していた。娼婦には人気だったと。

（だいぶ前からパルテ王国民の客が増えたとも言っていたわね）

浮かんだ仮説に心臓が早鐘を打つ。

口を閉ざすクラウディアにマリリンは慌てて付け足した。

「あの、でも自信はないんです！　わたしの勘違いかも」

「そうですわね、混乱もされていたでしょうから。でもわたくしはマリリンの嗅覚に間違いはないと思いますわ」

こと香りに関してはマリリンの右に出る者はいない。

「確証がない限り、このことはわたくしの胸にしまっておきますからご安心ください」

「はい、わたしもここだけの話にしておきます」

マリリンの判断に頷いて答える。

もしこれが事実で犯人の耳に入れば、マリリンに危険が及ぶかもしれなかった。

マリリンの店が荒くれ者の仕業ではなく、目的が香水の配合情報ならば真犯人の手勢である可能性が高い。

偽クラウディアを作り、裏で糸を引いている誰か。

パルテ王国の関係者というより、パルテ王国が動いている可能性もある。

（ニアミリア様も関わっておられるのかしら）

単に婚約者候補として擁立されただけなら、事情を知らないことも考えられる。

ただ裏で動いている者がいるにせよ、パルテ王国の目的がニアミリアを婚約者に据えることならば、一番の障壁はクラウディアに他ならなかった。

侯爵令嬢は仮装舞踏会に参加する

夜、パルテ王国大使館はこれまでにない光に包まれていた。

業務優先だった無骨な佇まいは鳴りをひそめ、大使館一階は色とりどりの花と照明に彩られている。

天気に恵まれたこともあり、庭を含めた会場には十分な広さがあった。

パーティー会場としては申し分ないけれど光があるところには影もできる。

案内人の誘導に従いサヴィル侯爵家の馬車から降りるとき、メイン会場から外れる廊下の暗さが目に留まった。

（粗を探してしまうのは性格が悪いかしら）

今夜の装いを鑑みて意識を正す。

仮装していても手に馴染んだ扇だけは手放せなかった。

知り合いを捜すまでもなく、友人から声をかけられる。

「ルイーゼ様、ごきげんよう……？」

「ごきげんよう、あら、やはり似合ってないかしら？」

目が合うなり戸惑った反応を返されて視線が下がる。

（侍女たちはみんな褒めてくれたけれど、主人を褒めない使用人はいないものね）

仮装したのは寓話に登場する女神だ。

純白のベールは長く、床に落ちた裾が広がりを見せる。

真っ直ぐに落ちる金髪と合わせて神聖さを強調しようとしたのだけれど、仮装としては不十分のようだった。

少し無理をしたドレスが不格好に映っているのかもしれない。

「いいえっ、とてもよくお似合いです！　予想外の装いだったので驚いてしまいましたの」

「ふふ、折角だから思い切ったことをしようと考えまして」

「素敵なお考えです。このような場でないとできませんものね」

意図は通じたらしく、楽しんではもらえたようだ。

普通のパーティーではできない、仮装舞踏会だからできるお遊びだった。

完成度は横に置いて、反響が悪くなかったことに胸をなで下ろす。

一通り挨拶が終わったところで緩くクセのある長い黒髪を捜した。

「クラウディア様はまだいらしてないのかしら？」

「馬車をお見かけしましたので、到着はされていると思いますわ」

事前に到着時刻を合わせるよう相談していた。

しかし待っていてもクラウディアは姿を現さず首を傾げる。

（どうされたのかしら？）

アクシデントでもあったのだろうか。

仮装舞踏会はお互いはじめてなので、衣装に不備が出た可能性はある。

問題に見舞われていないことを祈ったところで、ぬっと現れた黒い巨体に悲鳴を上げそうになった。

目の前で燕尾服を着た熊が首を傾げる。

「ん？　ルイーゼ嬢、かな？」

「ルイーゼ嬢で合っていますよ。うちの熊が驚かせてすみません」

くぐもった問いかけに答えたのは狩人の格好をしたレステーアだ。

自ずと熊の声の主が誰かわかる。

「い、いえ……ラウル様も思い切った仮装をされたのですね？」

仮装舞踏会には、動物のかぶりものをする人もいる。

だから発想は理解できた。

ただクオリティーが高過ぎて本物の熊が服を着て歩いているようにしか見えない。

「やるからにはインパクトの強いものが良いと思ったんだ。剥製を使ったおかげで満足のいく出来になったんだが、いかんせん視界が悪いのと息苦しいのが難点だな」

頭と毛皮は本物だった。

手は加えられているらしいが、息苦しいと聞いて心配になる。

「あまり無理をなさらないでくださいね」

「ああ、ある程度みなの反応を楽しめたら脱ぐよ」

頭と胴体は離れているので頭だけの着脱は難しくないという。

とはいえ重さがあるため補助は必須とのこと。

立っているときも、いつになくレステーアが甲斐甲斐しく寄り添っている。

面白さの代償は想像以上に大きそうだった。

ではまた後ほど、とゆっくり歩く熊を見送る。

その先で、よく知る赤毛を見つけた。

さらりと長い金髪を揺らしながら近付く。

「トリスタン様、ごきげんよう」

「あっ、ルイーゼ嬢……？」

純白のベールから微笑みを覗かせれば、ここでも戸惑われる。

鏡で確認したときには全体的にまとまっているように思えたけれど、人々の目には違和感が残るらしい。

それでもみな珍重してくれるので及第点だ。

美麗さを競う普通のパーティーでは味わえない感覚に気持ちが弾む。

これなら定期的に仮装舞踏会が開かれても良いとすら思えた。準備は大変だけれど。

「はい、ルイーゼです。驚かれました？」

「ええ、もうビックリです！　そのような仮装をされるとは予想もしませんでした！」

満面の笑みで肯定され、こちらもつられて笑顔になる。

トリスタンのほうは騎士の礼服に、狼の尻尾と耳を着けた獣人姿だが、気さくな人柄のせいか犬にしか見えない。本人には言えないが。

「楽しんでいただけたなら嬉しいですわ」

「クラウディア嬢にはもう会われましたか？」

「それがまだなのです。早くご挨拶したいのですけれど」

「あれ？　もう到着してるはずですけどね？」

「お庭のほうかしら？」

トリスタンもリンジー公爵家の馬車を見たという。

庭も開放されてスペースが確保されていても、部屋と部屋の壁は撤去できず会場には遮蔽物が目立つ。

室内にいると庭を見渡すことは困難だった。

「だとしても、いれば目立つと思うんですよね」

上級貴族の中でも最高位の家格にパーティーの主旨が加われば、平時のクラウディアを知らなくとも注目は集まる。

だというのに周囲を見回してもクラウディアは見当たらなかった。

どこへ行ったのだろうと二人で頭をひねる。

捜しに行ったほうが良いだろうかと考えた矢先、悲鳴が耳に届いた。

「何だ⁉」

すかさずトリスタンが反応し、悲鳴に向かって走る。自分もあとに続いた。

広間を出て、廊下を進んだところで人垣ができていた。

叫んだのは居合わせた令嬢のようだ。

「助けてくれ！　クラウディア嬢に殺される……！」

中心から恐怖に震えた男の声が聞こえる。

トリスタンが人垣をかき分け、倒れていた男に駆け寄った。

男は頭から血を流していた。

「あなたはサスリール辺境伯の」

「お願いだ、助けてくれ！」

「すぐに医者の手配を！　大丈夫、傷は深くありませんよ」

手にも血がついていたのかドレスティンがトリスタンの礼服を汚す。

けれど見た目以上にケガは酷くないらしく、トリスタンは落ち着いていた。

そこへドレスティンの背後側からクラウディアが姿を見せる。

白い猫耳に猫の仮面を着けた姿だったものの、緩やかなクセのある黒髪は見間違えようがない。

普段と変わらないドレス姿だったのもあり、その場にいた誰もがクラウディアだと疑わなかった。

「どうかされましたの？」

「ひっ、アイツだ！　あの女がボクを襲ったんだ……！」

ドレスティンがトリスタンに縋る。

余程の恐怖だったのか顔からは血の気が引き、全身が、がくがくと震えていた。

「あの女って」

「クラウディアだ！　そこにいるだろう⁉　早くアイツを捕まえてくれ！」

しまいにはドレスティンの目から涙が溢れる。

集まった子息令嬢たちはクラウディアとドレスティンの間で視線を行き来させ、困惑するばかりだ。

「何故、誰も動いてくれないんだ！　クラウディアが公爵令嬢だからか⁉」

「いや、あの」

ドレスティンが喚けば喚くほど、ざわめきは広がっていく。

頭を止血しながら、トリスタンは事実確認のために問いかけた。

「ドレスティン様がおっしゃっているのはルイーゼ嬢のことですか？」

「は？　クラウディアだと言ってるだろう！　あそこにいる！」

「すみません、わかりにくかったですね。クラウディア嬢に扮した、ルイーゼ嬢に襲われたってことで良いんでしょうか？」

「え？　あ？　何を言ってるんだ？」

ドレスティンは状況を理解できていないようだった。

仕方ないと一歩前に出て、トリスタンと並ぶ。

「あそこにおられるのは、わたくしに扮したルイーゼ様ですわ」

そして本物のクラウディアはここにおります、と仮初めの侯爵令嬢は着けていた金髪のウィッグを外した。

悪役令嬢は画策する

ざわめきの中、暗闇を照らす明かりだけが静寂を保っていた。

だが緩やかなクセのある黒髪が艶を見せると人々の声量も控えめになっていく。

女神を模した白いドレス。

強い意思を宿す青い瞳に、その場にいた全員が惹き付けられた。

まるで運命の審判を待つかのように。

目を見開いたまま固まるドレスティンに、今度はクラウディアが問うた。

「日が落ち、暗がりになる場所もあるかと思いますが、ドレスティン様を襲ったのはルイーゼ様で間違いありませんか？」

「ち、ちが……ボクを襲ったのはクラウディアで……き、キミが」

「わたくしが襲ったとおっしゃるの？」

それはあり得ないことだった。

サヴィル侯爵家の馬車から降りて会場入りしてから、クラウディアはずっとルイーゼに扮して人の目があるところにいたのだから。

挨拶し、歓談した人たちが証言してくれる。

どんどん信憑性のなくなっていくドレスティンの発言に、周囲からの目も疑いの色が濃くなっていった。

雰囲気を察したドレスティンは声を荒げる。

「本当だ！　間違いなくボクはクラウディアに襲われた！　か、香りがしたんだ！　髪も長い黒髪だった！」

「どんな香りですの？」

「バラの香りだ！　クラウディアがいつも着けているものだ。ボクの鼻は誤魔化せないぞ！」

「こちらですか？」

言いながらクラウディアは屈み、ドレスティンへ向かって扇をあおいだ。

香りが流れるとドレスティンは大きく頷く。

「そうだ、この」

「わたくしがいつも着けている香水ですわね。ですがルイーゼ様は着けておりませんことよ？」

周囲の子息令嬢たちと同じく困惑していたルイーゼが黒髪のウィッグを揺らしながら歩み出る。

「わたしが着けている香りは、わたしが愛用しているものです」

ルイーゼの香りは春先の公園を歩いているような、華やかでありつつも温かみが感じられるものだった。クラウディアのバラとわかる香りとは全く異なる。

シャワーでも浴びない限り、香りを着け替えるのが難しいことはこの場にいる全員が知っている。

加えて互いに扮したクラウディアとルイーゼが簡単に身支度を整えられないことは一目瞭然だった。

到着してからの短時間では不可能だ。

「だが、ボクは確かに……」

「わたくしに扮した別人に襲われたのでしょう。似たような事件が他にもありましたから」

ウェンディがクラウディアを装って殺人を依頼した件は記憶に新しい。

そして、これでウェンディの他にもクラウディアの偽物がいたことが確定した。

「そんな……待ってくれ、ボクたちは」

まだ状況を整理できていない子息は目を白黒させる。

今度はクラウディアへ縋ろうとしたところで、穏やかな声が響いた。

「サスリール辺境伯子息は襲われてまだ錯乱しているのだろう。治療を優先して、まずは休むべきだ」

シルヴェスターが医者を伴って姿を現す。

白を基調とした装いが多いシルヴェスターだが、今夜は全身を黒で包んでいた。

前髪を上げたいつもと違うワイルドな雰囲気に令嬢たちから黄色い声が上がりかけるも、空気を読んで自粛される。

ドレスティンは医者へ預けられ、別室で休むこととなった。

その際シルヴェスターがドレスティンの耳元で何か囁いたことで、彼は完全に押し黙る。

「何をおっしゃったのです？」

「密約の証拠は挙がっていると伝えただけさ」

パルテ王国とサスリール辺境伯の間で結ばれた密約。

国に黙って交わされたそれは、反逆罪に問われる行為だ。

強制捜査の結果、サスリール辺境伯の元から書面が見つかったという。

「正確には、パルテ王国とではなくベンディン家と結ばれたようだがな」

話しながら動いたシルヴェスターの視線を追う。

その先には、表情を硬くするニアミリアの姿があった。

仮装舞踏会がはじまる前。

空が茜色に染まる頃、私室の鏡前には二人分の人影があった。

純白の長いベールを着けたクラウディアの姿に、シルヴェスターがうむ、と頷く。

「見事、と言いたいところだが、どうしても違和感を覚えてしまうな」

「同感です。見慣れていると差異が目立って仕方ありませんわね」

金髪のウィッグに、女神を模した白いドレス。

キツい目元はメイクで印象を和らげ、胸は圧迫して少しだけボリュームを落とした全体像は、悪くないどころか女神の仮装としては整っている。

けれど、ルイーゼになりきれているとは言えなかった。

何度も姿見で確認するものの結果は変わらない。

「だが近くで見ない限りは騙されそうだ」

「髪型で人違いすることは、案外多いですものね」

体型が似ていれば尚更だった。

後ろ姿から知人だと思って声をかけたら別人だったエピソードはよく耳にする。

玄関先にはサヴィル侯爵家から借りた馬車も用意してあった。

逆にサヴィル侯爵家にはリンジー公爵家の馬車が貸し出されている。

「入れ替わりとは大胆な発想だ」

「あら、先にしたのはシルですわよ」

「そうだったな」

サスリール辺境伯が開催した仮面舞踏会。

そこで途中、シルヴェスターはレステーアと入れ替わった。

「どこまで騙せるかはわかりませんけれど」

「先入観にどれほどの作用があるかだな。馴染みのない者は、サヴィル侯爵家の馬車から出てきただけでルイーゼ嬢と勘違いするだろう」

これはこれで新しい知見を得られそうだとシルヴェスターは楽しそうに笑う。

「ルーに危険は及びませんか？」

「彼女には影を付ける。だが相手方もここでクラウディアを襲うことはないだろう」

子息令嬢の個人的な諍いでもない限り、会場でケガ人が出ればパルテ王国が責め立てられる。

クラウディアが襲われるようなことがあれば国際問題だ。

ニアミリアが婚約者候補として不利になるようなシナリオはないと予想された。

（結局は誰が得をし、誰が損をするのかに尽きるのかしら）

度重なる事件、そしてパルテ王国の思惑。

クラウディアとシルヴェスターで考えをまとめて行き着いた答え。

今の状況は、全てニアミリアにとって追い風になっていた。

まずウェンディが捕まったことで、国内の令嬢に問題があることが浮き彫りになった。

仮にウェンディの思惑が成功していても同じだ。クラウディアが捕まったほうが衝撃は大きいが、それは成果の大小でしかない。

（暗躍している者にとってウェンディ様が成功しようが失敗しようが構わなかった……）

完全なる捨て駒である。

しかもクラウディアの嫌な予感は的中していた。

ウェンディの証言で貴族派を襲撃した実行犯が捜されたが、見つからなかったのだ。

続けて北部でおこなわれた奴隷輸送についてもウェンディは語ったが、こちらも痕跡は残されていなかった。

その結果にウェンディは、クラウディアが手を回したのだと陰謀論を加速させ、信頼を失うばかりになっている。

「ヒューベルトの正体が掴めなかったのが心残りですわ」

「陰謀論自体は当たっているが、ウェンディ嬢が現実を受け入れるのは難しそうだな」

ヘレンがロイド侯爵家の侍女たちに聞き込みをしてくれた結果、ヒューベルトはウェンディが懇意にしていた商人だったことがわかった。

そこから商人ギルドに在籍するヒューベルトを追ったところ、届け出は巧みに偽造されていた。

彼をウェンディに紹介したという商人も騙されており、風貌での捜索もおこなわれたが成果はなかった。

「上手くやったものだ」

王都内で堂々と詐欺がおこなわれたことに、シルヴェスターは不快感を露わにする。

商人ギルドも顔に泥を塗られ怒り心頭に発している。

それこそ王都では変装でもしない限り、ヒューベルトを騙った人物は通りを歩けないだろう。

裏は裏でローズガーデンが目を光らせている。

「偽装に関しては相手のほうが得意なようですわ」

偽クラウディアに至っては、クラウディアがサスリール辺境伯領を訪問しなければ存在に気付けなかった。

「サスリール辺境伯家へは強制捜査が入った。早ければ本日中にでも早馬で報せが届くだろう」

クラウディアが帰ったあとも調査を続けていたシルヴェスターがここにいるのは、一段落ついた表れでもある。トリスタンも仮装のため家に帰っていた。

クラウディアの衣装の一部である長いベールを手で弄びながら、シルヴェスターがことの経緯を説明する。

「辺境伯がベンディン家当主と書面を交わしたのが商人の証言で明るみになった」

「商人が口を割ったのですか？」

ブライアンですら聞き出せなかった情報に目を丸くする。

「私が赴いたことで、これ以上辺境伯についても旨みはないと判断したのだろう。王家に貸しをつくったほうが得だとな。まぁ、そんな小狡い道理は通さないが」

穏やかに微笑むシルヴェスターには冷気が宿っていた。

商人が情報を高く売るつもりで隠していたことにお怒りらしい。その商人がどうなったのかはあえて訊かないでおく。

「辺境伯領の状況と商人の動向から察するに、密約の内容は戦争を起こさないというもののようだ」

戦争は準備だけでも莫大な金がかかる。

最初から起きないとわかっていれば費用をかける必要がない。

また平和に慣れた辺境伯にとって、戦争を回避できるのは願ってもないことだった。

「ベンディン家当主も、辺境伯から敵意を向けられるよりは手を組んだほうが、ことの成り行きを静観しやすいと考えたのだろう」

双方共に無駄な出費を減らせることには変わらない。

そしてこの密約が交わされた結果、商人たちは商機を失った。

準備の気配を見せない辺境伯を不審に思った商人が独自に探りを入れたことで、書面が交わされた事実に行き着いたのだという。

ただすぐに辺境伯から圧力をかけられ、商人たちは沈黙を選んだ。

「商人たちにとっては辺境伯と縁を切られるほうが死活問題だ。また戦争が起きないとわかっていれば、彼らも無駄に動かずに済む」

「公的なやり取りでしたら平和条約ですしね」

この密約でケガをする人はいない。

犠牲者が出ない内容だからこそ、商人たちも沈黙を選んだのだろう。

問題は国を騙して、秘密裏に交わされた点だ。

紛れもなく国家反逆罪だった。

「物的証拠が手に入れば辺境伯に未来はない。ベンディン家については微妙なところだ」

他国の有力者を裁こうとすれば、国と国の話し合いになる。

現在ハーランド王国へ対しパルテ王国民の反感が募っている状況は変わらないため、盤面は複雑になっていた。

これについてはパルテ王国が足並みを揃えてくれるのを願うしかない。

「だが、やりようはある。パルテ王国民の扇動にもベンディン家が関わっていることが判明したからな」

「そうなのですか⁉」

「私たちにとっては頭が痛くなる話だ」

きっと気持ちが沈むだろうからと、ソファーに座るよう勧められる。

予告通り、その内容にクラウディアは頭痛を覚えた。

「また修道者を捕縛することになった」

「昨年に引き続き、ですか」

ナイジェル枢機卿によって切り捨てられた修道者のことは忘れようがない。

「目立つ扇動者がいなかったことからまさかと思い、調査対象を広げたのだ。嬉しくないが当たってしまった」

話しながらシルヴェスターは頭痛が和らぐよう優しく頭を撫でてくれる。

彼の指先が髪を梳くたび、気持ちが軽くなる気がした。

「パルテ王国に点在するいくつかの教会を起点に、我が国へ対する反感が高まっていたことがわかった」

複数の教会で、同時期に同じ説法がおこなわれていたという。

内容が意図的に改悪されていたのは言うまでもない。

一人の不満は小さくても、ポロッと不満を零した相手が同じことを考えていた場合、共感がより気持ちを大きくしていく。それが地区を越えて伝染し、大きな奔流となった。

ベンディン家は各地区への根回しと舵取りだけすれば事足りたのである。

これはパルテ王国内でも特に声の大きい地区を調査し、情報をすり合わせることで明るみになった。

「スラフィム殿下が聞いたら喜びそうですわね」

「公にできればな」

鬱屈した気分を解放するためかシルヴェスターが息をつく。

「まとめ役である修道者を捕縛して証言を得たが、調査は全てハーランド王国の独断だ」

捕縛した修道者はベンディン家当主との繋がりを認め、報酬と引き換えに扇動をおこなったと自供した。その際、交わされた誓約書も見つかっている。

確固たる証拠を手にしたわけだが、この調査にパルテ王国は一切関わっていない。

慎重に扱わねば、それこそ内政干渉だと戦争になりかねなかった。

教会に責任を追及するにしても、トカゲの尻尾切りで終わるのは目に見えている。

「スラフィムが望む通りにはならぬだろう」

「ことを公にして教会へ国民の不審が募り過ぎるのも良くありませんものね」

簡単に断罪すればいい問題ではなかった。

ハーランド王国を含め、周辺諸国では教会の教えが国教となっている。

平民のみならず、貴族においても教えは心の拠り所だ。

下手に根幹を揺るがせば精神不安を招く。

教会は、決して「悪」でないことを忘れてはならない。

生きる人間が罪を犯すのだ。

そして今も尚、国の支援が届かない場所では、その生きる人間に弱い人々が助けられている。

「幸い、私にとっては追い風になるが」

スラフィムほど排他的ではないが、シルヴェスターは昨年から教会と距離を置くべきだと主張していた。国政と宗教は離れているほうが無難だと。

修道者の関与が公表されなくとも、ハーランド王国の議会で情報は共有される。

シルヴェスターの考えは今後も支持されることになるだろう。

「修道者がまるで捕まることを予期していたように思えるのは私が穿ち過ぎだろうか」

「お気持ちはよくわかります」

口には出さないが、二人の頭にはどうしてもチラつく影があった。

白髪交じりの金髪に和やかな碧眼の人物。

現状は彼が関わっているとも、いないとも言えない。

それでも昨年の件で、何か裏があるのでは勘ぐってしまう。

「だがこれだけ証拠があれば、ベンディン家の敵対勢力に情報を流すことは可能だ」

「なるほど、それによって国内で問題を解決してもらうのですね」

パルテ王国内の有力家族がベンディン家を断罪する分には何ら支障はない。

ニアミリアが婚約者になれば一番恩恵を受けるのがベンディン家である以上、追及は止まらないだろう。

「引っかかるのは、ベンディン家当主が民衆を扇動しても戦争にはならないと踏んでいるところだ。国民感情が爆発すれば誰も制御できぬ」

民主制であるパルテ王国には、貴族というストッパーが存在しない。

有力家族が代わりを務めていても制度の違いから彼らに強制力はなかった。

そのため衆愚政治と呼ばれる危険がつきまとう。

正に今、国民感情によって、どちらにも損しかない戦争が外交の場で持ち上がる事態がそれに該当した。

サスリール辺境伯とベンディン家の密約はあくまで当主間だけのものだ。

民衆の扇動と密約の間に直接的な関係はない。

だが戦争を回避できる確証があるからこそ、密約は成立する。

「ベンディン家当主は、ニアミリア様が婚約者になると信じられる手立てがあるのですね」

「恐らくな」

ここで鍵になってくるのが暗躍者の存在だろう。

生憎、正体は掴めていないが、偽クラウディアは確かに存在する。

そして現時点ではどう考えても計画の大きさと割が合わなかった。

狙いがニアミリアの後押しにあるならば、最大の障害であるクラウディアが残っている。

ウェンディが捕まったことで、暗躍者はクラウディアに大した痛手を与えられていない。

まだ何かある。

そう感じる理由は、ドレスティンの存在だ。

偽クラウディアを使ってまで、彼を誑かしたのは何故か。

ドレスティンがクラウディアとの繋がりを告白したところで、本人が否定すればクラウディアに嫌疑はかからない。

何せシルヴェスターの婚約者として一番の有力候補である。

人々はそれを捨ててまでドレスティンにクラウディアが縋る姿など想像できないだろう。

では一体何のために、ここまで手の込んだことをしたのか。

答えは別のところにある。

そう思えるのに、おあつらえ向きの機会があった。

ニアミリア主催の仮装舞踏会。

ここにはドレスティンも招待されている。

仮装しているとはいえ、本物のクラウディアとドレスティンが相まみえることになるのだ。

ドレスティンはクラウディアと一夜を過ごしたと思い込んでいる。彼の性格からクラウディアとコンタクトを取ろうとするだろう。

何も起こらないはずがない。

加えて、暗躍者にはあまり猶予がなかった。

戦争を条件にしているとはいえ、ハーランド王国に時間を与えれば回避策を練られる。

その前にことを決定づける必要があった。

「ニアミリア様は関与されているのかしら」

「自ずと判明するだろう」

ベンディン家が動いているのは疑う余地もないが、ニアミリアまでは確証がない。

ただクラウディアの中では、ニアミリアが偽クラウディアである可能性が頭をもたげていた。

勘に近いもので、おいそれと口にはできないが。

「サスリール辺境伯子息にも影を付ける手筈だ。正直、身の安全については興味ないが」

主従プレイついては話してないものの、シルヴェスターはドレスティンに良い印象を抱いていなかった。王都にいた時から、クラウディアへ向ける視線が気に入らなかったという。

ドレスティンへの影は、仮装で勘違いしたドレスティンにルイーゼを襲わせないためと、暗躍者が接触してきたときに備えるためだ。

クラウディアとシルヴェスターは十中八九、偽クラウディアが現れると踏んでいる。

「いつにも増して緊張しますわ」

「ではリラックスのために一役買おうか」

イタズラめいて笑うシルヴェスターの口には目立つ八重歯が生えていた。

手を取られ、二人で立ち上がる。

次いでシルヴェスターは両手を広げ、マントを翼のように持ち上げた。

漆黒のマントの裏地は真っ赤に染められ血を彷彿とさせる。

丈のある黒いシャツで身なりが闇に包まれる中、銀髪と白磁の肌が浮かび上がった。

傾く夕日が逆光となって弓なりの影を一段と大きくする。

「私からは逃げられぬぞ」

近付く影に、純白をまとった女神は胸の前で両手を握った。

祈りを捧げるかのように思われたが、女神はきっぱりと断言する。

「逃げる必要はありませんわ」

「私に襲われるとわかっていてもか？」

美しい吸血鬼は愉快そうに金色の瞳を細める。

いつしか空から鮮やかさが消えていた。

光が姿を隠し、気温が下がる。

にもかかわらず、吸血鬼の瞳には熱があった。

そこに渇望を見た女神は息を呑むものの、彼女は目を逸らすことができない。

距離を詰めた吸血鬼の指が純白のベールを払う。

次いで柔らかい頬を撫でた。

赤子に触れるかのように一際優しく。

くすぐったさから女神の長い金髪が木漏れ日のように揺れる。

「君は私を恐れぬのだな」

「だってあなたは、わたくしを乱暴に扱ったりしませんもの。それに」

触れたいのはわたくしも一緒です、と女神からも手が伸ばされる。

吸血鬼は温もりに頬を包まれる間、微動だにしなかった。

「あまり私の理性をあてにしないでくれ」

「あら、わたくしの血が目当てなのではなくて？」

「わかっているだろうに。私は君の血ではなく、君自身に惚れているのだ」

腰を抱かれ、二人の間にあった隙間がなくなる。

回された腕の力強さに、心臓が高鳴るのを自覚した。

鼻先が擦れ合うと恥ずかしさに耐えきれず顔を背けてしまう。

視線の先に、姿見があった。

あっ、と思ったときには首筋へ噛みつかれる。

甘く痺れる感覚に声が漏れた。

「んん、シル、だめ……」

痕が残ってしまう。

そう抗議すると、小鳥のように啄まれる。

女神の足から力が抜けるまで——本に描かれた挿絵のように——鏡には美女の首筋に食らいつく吸血鬼の姿が映っていた。

悪役令嬢は核心に迫る

騒動のあと、パルテ王国大使館にあるニアミリアの自室には、クラウディアとシルヴェスターの姿があった。

二人と対峙する形でニアミリアとその隣には老齢の侍従がいたが、両者の間にはハーランド王国の騎士によって壁が作られている。

「言い逃れはできぬぞ」

宣告するシルヴェスターに、ニアミリアは項垂れたままだ。

彼女の部屋の暖炉から燃え残った変装道具一式が見つかっていた。

ドレスティンを襲ったのもニアミリアであることは、あとを追った影の証言でわかっている。

何より部屋に残ったバラの香りが彼女の犯行を物語っていた。

ことの顛末はこうだ。

個室に呼び出されたドレスティンは、クラウディアを装ったニアミリアに襲われ、クラウディアの犯行だと決定づけるためにわざと逃がされた。

その間クラウディアに扮したルイーゼは、公爵令嬢は特別だという案内を受けて、会場への違うルートを歩かされ時間を稼がれていた。

「サスリール辺境伯領でわたくしを装ったのも、あなただったのですね」

ドレスティンは、偽クラウディアと過ごした一夜を鮮明に覚えていた。

それこそ小さなホクロの位置まで。

聞き取りにより語られた場所はニアミリアのものと一致した。

クラウディアの言葉に、ニアミリアは哀しく微笑む。

「偽物と見抜けなかったのに、記憶力はあって驚きましたわ」

どこでわたくしが怪しいと思われたの、と濃紺の瞳がクラウディアをとらえる。

「白状するとニアミリア様が関わっているのかは確証が持てませんでした」

別の誰かである可能性は大いにあった。

「ですが心の中で、ニアミリア様なら完璧にわたくしを装えると思っていましたの」

クラウディアが完全にルイーゼを装えないように、体型が違い過ぎると変装は上手くいかない。

そして外見以外にも他人になりきるにはポイントがあった。

所作だ。

完璧な淑女と名高いクラウディアの所作は、令嬢の見本となっているぐらいである。

粗が目立てば、相手に違和感を覚えさせるだろう。

クラウディアを知らない者には問題ないが、ドレスティンは当人も貴族である以上、所作には精通している。

彼を騙すには、貴族令嬢として振る舞える技量が必要だった。

「瞳の色もニアミリア様なら誤魔化せそうですから」

青い瞳のクラウディアに対し、ニアミリアは濃紺だ。

暗がりで見れば違いはわからないだろう。

髪型はウィッグで、目元の雰囲気は化粧で対応できるが、瞳の色は変えられない。仮面を着けても、限界がある。

様々な条件を照らし合わせていくと、クラウディアを装える人物は限られた。

（ベンディン家が変装に特化した人間を囲っていたらわかりませんけれど）

「おっしゃる通りだわ」

「貴族派が襲われた事件もあなたですか」

「ウェンディ様が起こされたことでは？」

「世論ではそうなっていますが証拠はありません。ウェンディ様も否定されております」

「彼女の言うことを信じるのですか？」

「世論は信じなくても、わたくしは信じます」

たとえウェンディにとって自分が悪であっても。

歪んでしまったウェンディだが、もっと性根が腐っている人物をクラウディアは知っていた。

正義を掲げ、独善で動いているのは同じでも、ウェンディと異母妹(フェルミナ)では性質が異なる。

ウェンディは国のため、他者のためであるのに対し、異母妹(フェルミナ)の正義はただただ自分だけのものだった。

だからか、ウェンディのことは憎みきれない。

彼女が騙されているとわかれば余計に。今は罪を償ってほしい気持ちだけがあった。

「お優しいのね」

儚くニアミリアは微笑む。

「わたくしもクラウディア様のように、自分を貫ける強さがほしかったですわ」

許されることではないとわかっていた。

けれど、そうするしか自分には生きる道がなかったと、濃紺の瞳から一筋の涙がこぼれる。

「わたくしは、ベンディン家当主に逆らえないのです」

わたくしは、と震える声と共に口が戦慄いていた。

ポロポロと涙を流して頬を濡らしながら、ニアミリアは渾身の力で声を発する。

「わたくしは、ニアミリアではありません。わたくしはベンディン家当主によって作られた偽りの存在なのです！」

続けて語られた内容は衝撃的で、クラウディアもシルヴェスターもすぐには反応を返せなかった。

少女は悪役令嬢として育てられる

ニアミリアになる前には、「ニナ」という人生があった。

名前の語感が似ているのは偶然の一致だ。

ニナは、紛争地帯にいる薄汚れた子どもに過ぎなかった。

でもニナには貧しくも逞しく生きる家族がいた。

怒らせると怖い母と、子どもに甘い父、そして憎たらしくも可愛い弟。

生まれたときから紛争地帯にいるニナにとって、過酷な生活環境は「普通」のことだった。

食べものを分け合い、家族と手を取り合って生きていた。

そんなニナの生活は、ベンディン家からニナを引き取りたいという申し出があったのを境に一変する。

ニナは家族と離れたくなかったけれど謝礼には抗えなかった。家族が少しでも安全な場所で暮らせるならと、ニナはベンディン家の馬車に乗った。

国境を越える段階になって、ニナは言いようのない恐怖に襲われた。

故郷、家族との別離は、無理矢理、皮膚を剥がされるようだった。

目を閉じ、両手で耳を塞いでも震えは止まらない。

ニナは恐怖が過ぎ去るのを、ただただ祈るしかなかった。

屋敷で対面した当主はニナの心情など気にせず、これぞきまぐれな神様のお導きだと笑った。

ニナがベンディン家の屋敷に迎えられたのは、三歳で亡くなった令嬢ニアミリアの代わりを務めるためだった。

「あぁ、ニアミリア、どこに行っていたの？　心配したんですよ」

元々病弱だった夫人は、娘の死をきっかけに心を病んでいた。

まだニアミリアは生きていると信じ、その空想から抜けだせなくなっていたのだ。

夫人を愛していた当主はニアミリアと似た子どもがいるのを聞きつけるなり、夫人の空想を現実にした。

「愛しのニアミリア、ずっとお母様の傍にいてね」

いつでも娘が来られるように少しだけ開かれたドア。

夜になると部屋からの明かりが漏れる隙間は歪な愛の象徴となり、ニナのトラウマになった。

（本物と偽物の区別もつかないなんて）

親としてどうなのかと思う一方、無心に注がれる愛情が怖かった。

当主から向けられる目差しとかけ離れていたからだ。

「わしに抗うことは許さん。お前の家族など、いかようにもできることを忘れるな」

当主にとってニナは便利な道具でしかなかった。

淑女としての作法、人を騙す手管まで教え込まれた。

加えて本来令嬢なら免除される訓練も受けさせられ、厳しさに死を望んだこともあった。

けれど家族を人質に取られていては死ぬのも叶わない。

ニナは当主に従うことで、家族を守ることしかできなかった。

もう一人の悪役令嬢は現実と向き合う

大使館に軟禁され、三日が経った。

処遇が決まるまでは自室から出ることも許されない。

部屋の外には見張りの騎士が絶えず立っている。

老齢の侍従であるダートンだけが、世話をするために行き来を許された。

それも部屋を出れば騎士が付いて回るのだが。

夜になり、あとどれだけ無為な時間を過ごせばいいのかとニナは窓から外を見る。

パーティー会場となっていた庭にも騎士の姿があった。

「全てはベンディン家当主の企みだと信じてくれたかしら？」

「嘘ではありませんからな」

「そうね、嘘は話してないわ」

クラウディアたちに語ったことは本当にあった出来事である。

だが隠された真実もあった。

緩くクセのある赤い髪を指先で弄ぶ。

すぐに切り出せず、まだ恥じらう心が残っていたのかとニナは自分を嘲った。

顔を上げると、白髪交じりの頭が目に留まる。

（あの人と一緒だわ）

ダートンは黒髪だ。いくら白髪が増えても金髪と比べれば鮮やかさは劣る。

けれどニナには共通項のように感じられた。

（一緒だけど、ダートンとあの人は違う）

胸に去来する思いに何と名前を付ければいいのかわからない。

あの人を目の前にしたときにあるのは「恐怖」だった。

「そんなに凝視されては穴が開いてしまいます」

「ダートンに限ってあり得ないわね」

気弱さとは無縁の人が、と続ければ静かな笑みが返ってくる。

穏やかな時間だった。

衣擦れの音さえ耳に心地良く届く。

少し大きくなった心臓のリズムを感じながら、ニナは口を開いた。

「ねぇ、ダートン、わたくしを女にしてくださらない？」

「藪から棒にどうされました？」

「知っているでしょう？　いくらでも機会はあったはずなのに、わたくしがまだ男を経験していないことは」

サスリール辺境伯の子息のときもそうだった。

（別に貞操を守っているわけではないのに、ドレスティンは前戯で満足して寝るし）

そのわりにホクロの位置だけはしっかり覚えているなんて反則だろう。

「ニナ様は男性を操るのがお上手ですからな」

「あなたを除いてね」

「私はもう枯れておりますから」

「どうだか。小娘に興味がないだけでしょう？」

風の噂で女性の扱いに慣れているのは知っている。

「いいじゃない、最期の望みくらい叶えてくれたって」

だから勇気を出したのだ。

血管が浮かぶダートンの手に触れる。

「わたくしは死ぬのでしょう？」

ごつごつとした苦労人の手。

ニナは切り傷の痕が残るこの手が好きだった。

そっと太い指を持ち上げて指を絡ませる。

「あなたに殺されるのなら本望だわ」

気付いていないと思って？　とニナはダートンに向かって笑った。

「計画が失敗したときの口封じのために、あなたはここにいるのでしょう？　わたくしは色々と知り過ぎているものね」

青い瞳を見上げる。

その奥に、碧眼の人物がいることをニナは知っていた。

執事と同じロマンスグレーのおじさま。

誰よりも優しく、残酷な人。

この世は弱肉強食だと教えてくれた人。

「わたくしにだって考える頭はあるのよ？」

ベンディン家当主は、自分を人形のような道具にしか思っていなくとも。

「いくら優秀だからといって、戦士が教養もなく執事になれるわけがないじゃない」

パルテ王国において、優秀な戦士を雇い入れるのはよくある話だった。

その場合、配属先は決まって戦いに即した地位だ。

何せ戦場のプロを雇うのだから。

「傭兵として戦場を渡り歩いていたあなたが、どこで教養を身に付けられたというの？」

ハーランド王国同様、パルテ王国にも一般人が通える学び舎はない。

有力家族の縁者なら家庭教師も付けられるだろうが、それなら傭兵にならず別の仕事に就いたはずだ。

全国民が戦士とうたうパルテ王国であっても、好き好んで戦場に飛び込む者はいない。

国民は戦うことしかできないから、仕方なく戦場に身を置いているのだ。

他の職業を選べるなら、そちらを選ぶ。

ではどうやって傭兵だったダートンは執事になったのか。

「修道院ならどんな人間でも受け入れてくれるものね」

教会には人材を確保するため修道者を教育するノウハウがある。

それも修道者の特質に合わせて多岐にわたった。

「パルテ王国内で、誰でも学べる場所といったら修道院しかないわ」

「だから私が修道者であると?」

「少なくとも枢機卿とは繋がっているでしょう? 今回のこともあの方の計画なのだから」

ベンディン家当主が戦争は起きないと確信しているのは、教会――ナイジェル枢機卿と繋がりが深いからだった。

仮に戦争が勃発しても教会が仲介役となり、ことを収めてくれると信じている。

「当主はいいように教会を使っているつもりでしょうけど、その実、枢機卿の手の平で転がされているだけだもの」

ニナをシルヴェスターの婚約者に据えようとしたのも、このタイミングなら上手くいくとナイジェル枢機卿に唆されたからだ。

「よくお気づきになられましたな。あの方が目をかけられるわけです」

「あなたを執事にと持ちかけたのも枢機卿でしょう？　汚れ仕事を一手に引き受けてくれる者がいるって。ニアミリアとそっくりなわたくしが紛争地帯にいると情報を渡したのも」

ベンディン家の傍には、常にナイジェル枢機卿の影があった。

「当主様からお聞きになられたのですか？」

「あなたの目を盗んで聞き出すのには苦労したわ」

最初はベンディン家当主しか見えていなかったニナも、ことを追うごとにナイジェル枢機卿の存在を無視できなくなった。当主も所詮、自分と同じ操り人形だったのだ。

そしてダートンはナイジェル枢機卿から派遣された当主のお目付役だった。

「普通の令嬢が受けない訓練を組んだのも枢機卿からの指示？」

「簡単に死なれては困りますから」

有力家族の令嬢ともなれば、国民全員に実施されている訓練のほとんどが免除される。しかしニナは野戦での過ごし方や、人心掌握の術など色んなことを教え込まれていた。

「ニナ様、あなたは優秀な方です。あなたの働きには、あの方も喜んでおられました」

「色々やらされたものね」

当主を通して、ナイジェル枢機卿の命令がニナには下りていた。

お目付役のダートンがいるからか内情に迫った仕事も任せられた。そのたび、こうして手駒を増やしていくのかと戦慄したものだ。

ダートンの無骨な手が、ニナの頬に触れる。

年老いてもなお、人の首を簡単に握り潰せる手だった。

見上げた青い瞳にいつもと違う色が宿っているのを感じ、ニナはそっと目を閉じた。

「……」

静寂に、珍しく緊張する。

頬から肩に置かれた手が次はどこへ移動するのか。

考えるだけで口から心臓が飛び出しそうだった。

次に得られた感触が予想外のところで、ついニナは目を開ける。

「ダートン？」

「ここに、私、ダートンはニナ様に忠誠を誓います」

床へ伏せるように跪いたダートンが、ニナの足の甲へ口付けていた。

「何をしているの？」

「言葉のままでございます」

立ち上がったダートンは部屋に備え付けられていたレンガ造りの暖炉へ向かう。

火かき棒を握ると、レンガの一つを押し込んだ。

ガコッと重たい音が暖炉の奥から響く。

「ニナ様はまだお若い。やり直す機会はいくらでもあります」

「急に、何よ」

「生きてください」

ダートンが自分を逃がそうとしているのはわかった。

けれど彼の考えが理解できない。

「あなたはどうする気？」

「私はここに残って、あの方からの刺客と戦います」

「どうしてよ⁉」

「ニナ様ならおわかりになるはずです。あの方が誰も信用なさらないことを」

こうしてダートンが裏切るのも可能性の一つとして予見している。

その場合の保険として、必ずニナを屠れるよう刺客を送り込んでいても不思議ではない。

「そしてあの方は、ニナ様がただ当主の言いなりになっているだけではないことを看破しておられます」

計画に失敗したニナは、最早ナイジェル枢機卿にとって邪魔者でしかなかった。

良いように使っていた分、ナイジェル枢機卿のやり方に精通しているからだ。

ハーランド王国の手に落ちる危険があるなら消そうとする。

「だったら一緒に逃げればいいじゃない！」

わたくしに忠誠を誓うなら！　とニナは叫ぶ。

しかし否定されることがわかっていたからか、喉がヒリついて声量が出ない。

「ここに私たちの姿がないとわかった瞬間、増援を呼ばれてしまいます。誰かが残って口封じし、時間を稼ぐ必要があります」

「わたくしも一緒に――」

戦う、と言おうとした瞬間、不自然な物音が壁越しに響く。

「あなたを庇っていては、私の全力が出せません」

腕を掴まれ、暖炉のほうへ投げられる。

いくら特殊な訓練を受けていようが、ダートンにとって自分が足手まといなのは否定できない。

だとしても。

(今更、一人で生きて何になると言うの?)

ニナには野望があった。

そのために唯々諾々と命令に従ってきたのだ。

そして野望は、ほぼ成就したといっても過言ではない。もう思い残すことはなかった。

なのにダートンは生きろと言う。

動きだそうとしないニナに、ダートンは声を張り上げる。

「ニナ二等兵!」

「はい!」

雷に打たれるような、石で頭を殴られるような声だった。

鬼教官としての顔を見せたダートンに、ニナは脊髄反射で答える。

「このノロマが!　ぐずぐずしてないで走れ!」

「はい……!」

嫌だと心が悲鳴を上げるのに、体を止められなかった。

教官の命令は絶対である。そこに思考はいらない。ただ命令通りに動くだけだ。

度重なる訓練で体に染みついた教えから逃げられず、暖炉へ着いたニナは明かりのない暗闇に向かって匍匐前進していく。

(どうして、どうして)

気持ちが涙となって溢れ出た。

ベンディン家当主に家族と引き剥がされてから、ニナに自由はなかった。

ここを生き延びたところで何になるのか。

ダートンが、いなければ。

(お願いだから一人にしないで)

お目付役に過ぎないと知っていた。

けれどダートンだけが、本当の名前でニナを呼んでくれる存在だった。

(死んだら、許さないんだから……っ)

ダートンは強い。

先にベンディン家の汚れ仕事を任されていたのは彼だ。

年老いてもなお、その辺の戦士には遅れを取らない。

けれどナイジェル枢機卿が裏切りを予見しているなら、送られる刺客も相応の手練れということだ。

(お願い、お願いだからっ)

ニナはかすかな希望に縋るしかなかった。

煤とホコリにまみれて出た先は、貴族街に隣接する森林公園だった。

大使館から近いといっても、よく横穴を掘れたものだと呆れる。

手入れされている森林公園に危険な野獣はいない。

その代わり、闇夜に紛れて浮浪者やならず者が入り込んでいた。

恐れはない。こんなときのために厳しい訓練を受けてきたのだから。

「けど、やっぱりダメみたいよ」

抜け道があることがバレていたのだろう。

自分を囲む複数の気配に、ニナの中で諦めが勝る。

（どうせ殺されるならダートンが良かったのに）

願いは叶えられなかった。

それならせめて八つ当たりとして痛手を負わせてやると、ニナが戦闘態勢に入った瞬間、強い光に照らされる。

（視界を奪う気⁉）

その手には乗らないとドレスの裾を翻して光を遮断する。

目が慣れた先に見えたのは、緩やかなクセのある黒髪だった。

「どうして」

ランタンの明かりを手に、凛然と佇む姿に声が漏れる。

パーティーではじめて目にしたときは、事前に手に入れた情報通りで驚きはなかった。
優雅で自信に満ち溢れた人。
完璧な淑女。
お茶会で見せてくれた笑顔は可憐だった。
（あぁ、でもわたくしはこの人に追い詰められたんだわ）
思いの外、何も見えていなかった自分に驚く。
大使館の自室で対峙したときは、いかに悲劇の令嬢を演じられるかでいっぱいだった。
結局自分は負けたのだと、今になって痛感する。
そして仰ぎ見た先で、濁りのない青い瞳に射貫かれた。
「お願い……お願いっ、ダートンを助けて！」
気付いたときにはそう叫んでいた。
彼女なら、正義を果たしてくれる確信があった。

悪役令嬢はもう一人の悪役令嬢を迎える

貴族街に隣接する森林公園の一角で、クラウディアとシルヴェスターは成り行きを見守っていた。

「老齢の侍従が言っていたことは本当だったようだな」

「またあの人なのですね」

ナイジェル枢機卿。

ベンディン家をも操り、裏で糸を引いていた人物。二人にとっての仇敵だ。

情報を知りすぎているニナを殺すため、枢機卿から刺客が送られることはダートンから聞かされていた。

「どこまで人を馬鹿にすれば気が済むのだ」

シルヴェスターの声に苦々しい思いが滲む。

しかし今はニナを助けるのが先決だった。

ダートンは彼女のため、命を懸けて戦うと誓ったのだから。

彼から話を持ちかけられたのはニナの軟禁が決まってからだった。

見張りの騎士を通し、ナイジェル枢機卿に関する情報があると伝えられたのだ。

ダートンは、ニナが枢機卿から英才教育を受けてきたことを語った。

枢機卿のやり口に精通しているため、ニナがハーランド王国の手に落ちるなら口封じされるとも。

真偽は刺客の出現によって見極めることで話は決まった。

更に。

「私の命を懸けることで証明させていただきたい」

それだけクラウディアとシルヴェスターを信じているのだと、ダートンはニナを託した。あなたたちなら未来を切り開けると。

そして彼の言葉通りに刺客は現れた。

気になることがあったものの、シルヴェスターは潜伏させていた兵を動かす。

教えられた出口に現れたニナは、煤とホコリにまみれていた。

彼女が最初に望んだのは。

「お願い……お願いっ、ダートンを助けて！」

涙ながらの叫びに、二人の絆を知る。

「大丈夫よ。わたくしたちはあなたたちを助けるためにいるのだから」

「え……？」

状況を呑み込めないニナの元へ、騎士に連れられたダートンが姿を見せる。

ニナは躊躇わずダートンへ抱き付いた。

「助けがあるなら最初から言いなさいよ！」

「申し訳ありません。クラウディア様が動いてくださる確証はありませんでしたので」

ダートンはニナだけでなく自分も助けられたことに驚いていた。

自分が命を懸けることで、クラウディアたちの信頼を得られると考えていたからだ。

けれどクラウディアには刺客が現れただけで十分だった。

ニナがダートンを見上げる。

「どうしてわたくしにそこまでしてくれるの」

「私は自分にできることをしているまででございます」

「答えになってないわよ！」

「大切だからでございます。私のレディー」

抱き付くニナの体を離し、ダートンは慇懃に礼をする。

「私に、人の心を取り戻させてくださった方をお守りしたかった次第です」

落ち着きを取り戻す二人を見て、クラウディアは気になっていたことを訊ねる。

「ニナはベンディン家当主に脅されていたのよね？　枢機卿なら同じ手段でニナを脅すのではなくて？」

　刺客を向けてまでニナを消そうとする理由がわからなかった。

　これにはニナが答える。

「脅されていたのは事実だけれど、真実ではないの」

苦笑する濃紺の瞳は悲しみに溢れていた。

「わたくしの家族は、とっくの昔に当主によって殺されているのよ」

「何ですって？」

「わたくしが知ったのは偶然……ではないわね」

ニナがダートンを見上げる。

「これがあの方のやり方です」

「そうよね、わたくしの存在を当主に教えたのも枢機卿よね」

ダートンの言葉に、ニナは固く目を閉じる。

「全て、お話するわ」

大使館へ戻り、三人で席に着く。

ダートンはニナの後ろに控えることを譲らなかった。

「当主は、わたくしがニアミリアに成り代わる対価として家族の安全を保証したけれど、それは履行されなかったの」

ニナが家を離れてすぐに、父も母も、幼い弟でさえも殺された。

真実を知ったのは、当主から命じられた工作活動に従事していたときだった。

実家近くを訪れる機会があり、ダートンにお願いして家族の様子を見に行ったのだ。

はやる気持ちを抑え、向かった先に家族はいなかった。

当然だ、家族は安全な場所に引っ越したのだから。

勘違いして先走った自分が恥ずかしい。

今度は間違えないように引っ越し先を確かめるため聞き込みを試みたが、近所に住む人の顔も代わっており途方に暮れた。

そこで小さいながらも教会があったことを思いだす。

修道者は高位の役職に就かない限り、住む場所を替えない。

有力家族であるベンディン家が関わった一家についても知っている可能性が高いと踏んだ。

「わたくしの予想は当たったわ。最悪な形でね」

修道者はニナの一家のことを覚えていた。

一家殺人事件の被害者として。

思考はベンディィン家当主への怨嗟に埋め尽くされた。

今すぐにでも殺してやると。

光を失い、闇に堕ちたところに現れたのがナイジェル枢機卿だった。

枢機卿は、「死」は万人に与えられた必然だと語り、ニナに手を差し伸べた。

「生きているからこそ人は地獄を味わうのです」

不思議と優しい笑みから目を逸らせなかった。

碧眼に同情心が一切なかったからだろう。

「哀しいことに、この世では弱き者が強き者に抗うことはできません」

人に限らず、それが自然の摂理だと。

だから強くなりなさいと願われた。

「その日からわたくしは野望を抱くようになったわ。当主より強くなって、あの男に生きながらの地獄を見せてやろうと」

今から思えば、全てナイジェル枢機卿の手の平で転がされただけだった。

「ハーランド王国の王太子妃になれば、当主以上の権力を手にできるわ。失敗してもベンディィン家の企みであったことを公にして失脚させられると思ったの」

それがベンディィン家当主への復讐になるとニナは信じて疑わなかった。

だから失敗に備えてベンディィン家に繋がる証拠が確実に残るよう仕組んだという。

「枢機卿に命じられた中で一番大きな案件だったから、成功しなければ命はないと覚悟していたわ。事前に毒を盛って夫人を殺したのはわたくしよ。彼女がいると嫁に出ることはできなかったから」

ずっと娘が傍にいることを願い続けた哀れな母親。

夫人が亡くなっただけでも当主は憔悴したが、ニナの恨みは消えなかった。

「あなたたちがベンディン家の企てだと突き止めてくれたことで、わたくしの望みは叶ったわ。だから思い残すことはなかったのだけれど」

ニナがダートンを振り返る。

「わたくしに生きろと言うなら、あなたも一蓮托生よ」

「おおせのままに」

再度クラウディアたちへ向けられた濃紺の瞳には決意があった。

「償いになるかはわからないけれど、わたくしたちの命はあなたへ預けるわ。好きに使って頂戴。枢機卿と刺し違えてこいというなら従うけれど勝算はないわよ」

ナイジェル枢機卿には味方が多い。

教会のトップである法王ですら騙されているらしかった。

「わたくしのような駒も多いわ。あなたたちは本気で枢機卿と敵対する気なの？」

平然と人を操るような男だ。

ベンディン家当主を恨むニナも、ナイジェル枢機卿を敵に回そうとは思わない。

クラウディアは一度、金色の瞳へ目を向ける。そこに宿る意思は同じだった。

互いの気持ちを確認して、正面からニナと向き合う。

「枢機卿は神様ではないわ。全てあの人の思い通りなら、今ここにいるあなたたちは何だというの？」

ダートンがニナを慮り裏切る可能性を予見していても、彼がクラウディアたちを頼ることは見通していただろうか？

アラカネル連合王国でのこともそうだ。ナイジェル枢機卿の計画は失敗に終わった。

彼もまた自分たちと同じ徒人でしかない。

「枢機卿が恐ろしく感じるのは、人の心を顧みないからよ。あの人にとって他人の感情など、何の意味もなさないの。人の道理が通じないから怖いのよ」

自分の理解を超える存在に、人は恐怖心を抱く。

「けれど結局、枢機卿はその人の心に負けるのだわ」

そう言ってクラウディアはダートンを見る。

ニナを守りたい彼の思いに、枢機卿は勝てなかった。

「だからわたくしは枢機卿を恐れないわ」

リン、と鈴もないのに音が響いた気がした。

揺るぎないクラウディアに、ニナが眩しそうに目を細める。

「わかったわ。わたくしとダートンがその証拠になれるなら、これ以上のことはないわね」

だったらわたくしも恐れない。

ニナの答えに、ダートンも目礼で追従する。

「話は変わるのだけれど、ヒューベルトについてわかることはあるかしら？」

「ヒューベルト？　ああ、ウェンディ様の件ね。彼はわたくしの手先ではないから、今何をしているかまではわからないわ」

彼はナイジェル枢機卿にだけ従い、今回はニナの補助として遣わされたとのことだった。

「北部には詳しくないけれど、南部で立ち寄りそうな拠点ならいくつか挙げられるわ。でもウェンディ様にとっては騙されたままのほうが幸せではないかしら？」

「だとしても野放しにはできないもの。真実とどう向き合うかはウェンディ様次第だわ」

何が彼女にとって幸せかは、当人にしか決められない。

また罪人である事実からは逃れられなかった。

「おっしゃる通りね。他に訊きたいことはあるかしら？」

助けられたからには役立てることを証明したいとニナは意欲的だ。

今度はシルヴェスターが問う。

「パルテ王国民の感情を抑える手立てに心当たりはあるか？」

ベンディン家の企てを白日の下に晒したところで、一度昂ぶった反感は収まるのか。

ナイジェル枢機卿の口車に乗せられていることが判明したからには、当主が持っている確信はあてにならなかった。

下手をすると戦争になるほうがナイジェル枢機卿にとっては都合が良いかもしれない。

「わたくしをしばらく婚約者候補として置いていただけるなら打つ手はあるかと」

ニナは自分がハーランド王国の広告塔になってパルテ王国を巡回する案を出す。

「国民ひとりひとりと顔を合わせて説得します。修道者にできて、わたくしにできない道理はありませんもの」

人の心に訴える技術はニナも教え込まれていた。

「今は感情が高ぶっていますが、落ち着けば理性的に考える余裕が生まれます。冷静になれる状況さえつくれれば説得は難しくありませんわ」

お任せください、と頭を下げたニナは、続けてナイジェル枢機卿の目的は戦争ではないとも語る。

それならハーランド王国に到着した時点でニナを殺せばいい。

「枢機卿の目的は、クラウディア様を蹴落とすことに絞られているように感じるわ」

「どうしてわたくしなのかしら」

シルヴェスターでないことに首を傾げる。

単に攻めやすいほうを選んだのか。

去年の夏、シルヴェスターが危惧した通りになり良心が痛む。

それが伝わったのか、クラウディアの手にシルヴェスターの手が重ねられた。

「ディアに責任はない。君の安全は私が守る」

黄金の瞳に宿る光がクラウディアを包む。

思いは可視化できない。

けれどクラウディアは全身が温もり、胸の痛みが消失するのを確かに感じた。

——このあと、ナイジェル枢機卿から守るためにもニナは王家の監視下に置かれ、婚約者候補として残ることで話はまとまった。今後一切、ニナに自由がないのは言うまでもない。

そして国民感情を抑えるのに合わせてベンディン家の敵対勢力を使い、パルテ王国内でベンディン家を断罪する。それをもってニナの婚約者候補が取り消される予定だ。

クラウディアとシルヴェスターは並んで大使館をあとにする。

玄関を出たところでシルヴェスターは夜空を見上げた。

星が出ているのかと、クラウディアも視線を向ける。

何もなかったかのような静寂が一時、二人に訪れた。

シルヴェスターは一度目を閉じると、星を瞬かせた瞳をクラウディアへ向ける。

「もうこれ以上、邪魔はさせぬ。パルテ王国の件が落ち着き次第、ディアを婚約者として発表し、婚姻を進めよう」

ニナを差し向けたことからも、ナイジェル枢機卿はクラウディアの権力を盤石にしたくないのだと考えられた。ここで時間を置いてしまえば、また後手に回りかねない。

「今回の騒動の裏に枢機卿がいるとわかれば、反対する者——ラウルに根回しされた者も黙らせられるだろう」

ハーランド王国から追い出したところで、ナイジェル枢機卿は変わらない。

今後もクラウディアたちの敵となって現れるなら、こちらも体制を万全にする必要があった。

クラウディアも異論はないと頷く。

甘い雰囲気は微塵もないけれど二人の間には信頼があった。

と思っていたら手を取られ、指先に口付けが落とされる。

「ようやく私の念願が叶う」

「私情でしたの？」

「最善と私欲が合致したまでだ」

悪びれないシルヴェスターにクラウディアも声を出して笑った。

どんな状況下でも変わらない様子に安心感を覚える。

また伸びたナイジェル枢機卿の手に、不安がないわけではなかった。

けれどシルヴェスターが傍にいてくれれば、これからも乗り越えていける。

そんな確信があった。

第四章　完

悪役令嬢は真実に立ち会う

森の木々が赤や黄、褐色へと衣替えを終えて秋が深まった頃、ヒューベルトが捕まった。

ハーランド王国の南部、ニナによって教えられた拠点近くでのことだった。

これで一つ、ニナは存在価値を証明した。

成果を得られたことで正面に座るシルヴェスターは満足げだ。

馬車の窓から入る光が彼の銀糸を目映く染める。

今日はある目的のため、二人で警ら隊の施設へ向かっていた。

「彼女の情報が正しいとわかったのは収穫だ」

「ですが枢機卿にはもうバレていますでしょう?」

彼女へ放たれた刺客を倒し、更に厳重な警護態勢が敷かれた時点で、ナイジェル枢機卿も気付いたはずだ。ニナはハーランド王国の手に落ちた、と。

ニナを疑っているわけではないが、クラウディアは小さく首を傾げる。

「何故、拠点は破棄されなかったのかしら?」

情報が筒抜けになっているなら、少なくともその危険があるなら、普通は使わない選択をするのでは？　と思えてならない。

「どこで誰が判断するかにもよるだろうな。全て枢機卿によって判断が下されるなら、情報の伝達には遅れが生じる」

「枢機卿はハーランド王国に入れませんものね」

クラウディアたちは目の当たりにしているが、それを情報として受け取る者には時差が生じる。

国外にいるとなれば、情報が届くまでには日数を要した。

「枢機卿が動く前に、ヒューベルトを捕らえられたという可能性が一つ。だがニナは彼が切り捨てられたと考えている」

王家の監視下にある以上、クラウディアはニナと自由にやり取りできない。

その点、シルヴェスターは書面で話を聞いているようだった。

「拠点を破棄しろと通達を出せば、それだけ人が動く。王家の目が光っている中で動きを見せるより、何もしないことを枢機卿は選ぶ、とのことだ」

「何もしないことで、その場にいる人ごと拠点を切り捨てたということですか」

ナイジェル枢機卿にとって、どれだけ仲間が捕まろうが関係ないようだ。

(バーリ国王も情け容赦ないと聞くけれど……)

合理性を重視する隣国の王を思い浮かべる。

面識はないけれど人となりはよく知っていた。何を隠そう、バーリ国王の弟――ラウルが教えてくれた。

両者の考え方は似ている。

(なのに枢機卿にだけ薄ら寒さを覚えるのは何故かしら)

王城で弟が近くにいても視線を向けない兄だとレステーアは言っていた。

実際、ラウルを国外追放してもいる。

外から見れば双方共に冷血漢だ。

（でもバーリ国王はまだ話ができるわ）

行動理念が明確だった。

彼は、国を第一に考えている。というより国のことしか考えていない。

国が栄え、続くことを使命としているのだ。

だから他にも良い選択肢があれば、条件を示すことができれば、対話できる。

そうしてラウルは謝罪を得た。

（あの状況下で一方的に断罪するのではなく、対話を選ぶところがラウル様らしいわね）

ハーランド王国の介入こそあったものの、おかげでバーリ王国の内部分裂は血を見ることなく終結した。

バーリ国王も冷徹だとは思うけれど背筋が震えるほどでないのは、総（す）べる者の考え方として一部納得できるからかもしれない。

国を思う気持ちは同じだ。

対してナイジェル枢機卿は、修道者さえ使い捨ての駒だった。

彼の考えは全く理解できない。

大切なものや守りたいものがないように感じられる。

「枢機卿はまだ謹慎中だと伺っていますけど」

「ちょうど一年が過ぎたところだな。そろそろ解かれるという話が挙がっている」

「謹慎していたようには微塵も思えませんわね」

ニナへは昨年の冬に話があったという。

教会本部へ帰ってからも活動を続けていたのは想像に容易い。

ナイジェル枢機卿のことを考えると、いつも溜息をつきたくなる。

軽く外へ視線を送ったところで正面から冷気が漂っているのに気付いた。

「シル？」

「邪魔者が消えたら、また次の邪魔者がやってくる。トリスタンには気にするだけ無駄だと言われたが」

穏やかな笑みの奥にあるのは怒りなのか、恨みなのか、その両方か。

シルヴェスターの内面を知らない人には、微笑んでいるようにしか見えないのが彼の怖いところだ。

しかし、そんな微笑みもクラウディアと目が合えば、目尻からふっと力が抜ける。

とろりとした黄金色の蜂蜜。

惜しげもなく濃密な色香が漂っていく。

甘い目差しに晒された途端クラウディアの思考は止まり、頬に熱がこもった。

「どれだけ地位があろうと世界はままならぬ」

おかげでディアの可能性に触れられるという側面もあるが、とシルヴェスターは続けざまに笑う。

先ほどとは違う、心から楽しそうな笑顔に釘付けになった。

幼い少年の顔を覗かせるシルヴェスターはキラキラしていて、クラウディアの鼓動を大きくさせる。

「君の潜在能力の高さは私にも掴みきれぬ。此度のことも慣れない視察の先で情報を得てきた。これまでを振り返ればキリがない。毎回、驚かされている。そして、その都度、恋に落ちるのだ。でもそれ以上に」

前屈みになったシルヴェスターがクラウディアの手を取る。

指先が持ち上げられると手の甲が自然とシルヴェスターへ向かった。

「変わらない君が愛おしい」

どんな荒波にも負けず、前を向こうとする君が。

毅然と立つ背中に弱さを隠す君が。

「今日だって色んな思いを抱えているだろう?」

言い当てられて、軽く目を見張る。

これから向かう施設でのこと、ナイジェル枢機卿のこと。

考えだしたら、すぐ思考の渦にハマってしまいそうだった。

「シルに隠し事はできませんわね」

答える声が震えそうになる。

見透かされている驚きからではなく、心の動きまで見てくれている気遣いが嬉しくて。

シルヴェスターの薄く柔らかな唇が甲へ落ちる。

離れる瞬間、下唇が皮膚と密着しているのを目撃してしまい頭から火が出そうになった。

この初心な体は、いつになったら慣れてくれるのか。

恥ずかしくて顔を逸らしたいのに、見上げてくる瞳が許してくれない。

「隠す必要はない。どんな君も、私は全力で守ると誓う」

まだ触れている指先から熱を感じる。

向けられた真摯な思いに、クラウディアは頷くことしかできなかった。


はじめてヒューベルトを見た感想は「平凡」だった。

琥珀色の髪に碧眼を持った顔立ちは整っているものの人目を引くほどではない。

(シルで目が肥えているせいかもしれないけど)

シルヴェスターに限らず、外見を整えるのに手間をかける貴族は華やかな者が多かった。

美容に興味のない兄のヴァージルでも、通りを歩けば視線が集中する。

(ここでは身支度すら難しいから仕方ないかしら)

捕まってから着替えられていない服は薄汚れていた。

ただ碧眼に強い意思――信仰心が残っていたのが印象的だった。昨年捕まった修道者のように、人質をとられて脅されているわけではなさそうだ。

彼からナイジェル枢機卿の情報を聞き出すのは早々に諦められたという。

喋るくらいなら死を選ぶ覚悟の人間に、取り調べは意味をなさない。

それでも一つ、彼には動いてもらう必要があった。

ヒューベルトは交換条件を提示することでそれを聞き入れた。

条件は、自分の死後、修道者による祈祷がおこなわれること。

通常なら葬式にて受ける行為だが、受刑者に葬式はなかった。

死亡した場合は焼かれ、共同墓地に埋葬されるだけだ。

遠くない未来、自分が共同墓地に入ることをヒューベルトは見越しているのだろう。

法と照らし合わせても問題なかったため、この条件で話はついた。

今日クラウディアとシルヴェスターが訪れた目的。

ヒューベルトに課されたのは、ウェンディに真実を告げることだった。

そこへ立ち会うために来たのだが、二人が顔を合わせる前にヒューベルトがどんな人物なのか確認させてもらった次第だ。

続けて会議室へ案内されて後方のドアから入る。

部屋は真ん中を衝立で区切られ、分けられた後方から前方は見えない。

衝立は立会人を隠すために用意された。

場を保つのに余計な要素を取り除くための処置である。

(あそこにウェンディ様がいるのね)

先に到着していたらしく衝立越しに人の気配がする。

ヒューベルトが遅れているのは身なりを整えているからだろう。

薄汚れた姿ではウェンディに同情されかねないため、綺麗な姿で会うよう通達されていた。ウェンディに心配させるだけして何食わぬ顔で通りを歩いていたときのように。

前方のドアが開く音と共に、ガチャガチャと鎖が騒ぎ立てる。

「ヒューベルト！」

「座るように」

どうやらウェンディが立ち上がろうとしたらしい。警ら隊がそれを止める。

「良かった……無事だったのですね」

「おかげ様で。ウェンディ様は大変だったでしょう」

「正義のためなら、このくらい何ともありませんわ」

ウェンディの弾む声音に胸が痛む。

心情が伝わったのか、シルヴェスターが勇気付けるよう手を握ってくれた。

（立ち会うと決めたからには最後まで見届けるわ）

衝立に向かって居住まいを正す。

ニナは、真実を知らないほうがウェンディにとっては幸せではないかと言った。

クラウディアがウェンディのために動いていると考えたからだろう。

それもないとは言い切れないが、クラウディアがヒューベルトを捕まえたかった一番の理由は、
彼が犯罪者だからだ。

罪人をどう裁くか決めるのは法である。

今回のことも協議の末、決定された。騙されて犯罪に及んだからには真実を知るべきだと。

そしてウェンディに理解させるにはヒューベルトの口から語られる必要があった。

遺族にも報されているけれど、トーマス伯爵の関係者は来ていない。

「ではウェンディ様のおっしゃる正義が、全て偽りだったらどうします？」

「あなたまでそんなことを言うの？　クラウディア様に脅されて」

ウェンディが言い切る前に、ヒューベルトがジャラっと鎖の音を立てた。

「ウェンディ様にはこれが見えておられないのですか」

身綺麗にしたところで、ヒューベルトもウェンディ同様に拘束されている。

彼もまた罪人だからだ。

「自分がウェンディ様に語った正義は、全てリンジー公爵令嬢を陥れるための嘘です」

「どうしてそんなことを言うの？　証拠があるじゃない！」

「いいえ、証拠などありません。ウェンディ様もご存じでしょう？　あなたの証言で見つかったものは何もない」

「それはクラウディア様が隠したから！」

「自分たちが滞在した教会はどうです？　警ら隊の捜査でも教会の存在は認められましたよね？だけど奴隷が保護された痕跡はなかった。当然です、最初から奴隷なんていなかったんですから」

あれは自分が集めた近所の浮浪者です、と続けてヒューベルトが手の内を語る。

話が進むにつれ、ウェンディからの反論は途絶えた。

「サヴィル侯爵令嬢でもロジャー伯爵令嬢でもなく、ウェンディ様を選んだのは騙しやすそうだったからです。他に理由はありません。予想通り、あなたを騙すのは簡単だった」

「……全て嘘だったと言うの」

「はい。やつれて見えたのは化粧のおかげです。現に今、ウェンディ様の目の前にいる自分はどうですか？　巨悪に立ち向かい、心労をかかえた男に見えますか？」

「嘘よ……」

「あなただって本当は気付いているはずですよ。騙されていたほうが、現実を見ないほうが楽だから否定されているだけです。しきりにリンジー公爵令嬢のせいにするのは、完璧な彼女への劣等感からでしょう？」

論理もなく、感情的に叫ぶのは妬んでいるからだ。

淡々とヒューベルトは続ける。

「わかっています。だって自分はそこにつけ込んだんですから。何もこれはウェンディ様に限ったことではありません。人は誰だって成功者を妬むものです」

公爵令嬢という高い地位。

完璧な淑女という名声。

果てには本国に留まらず、アラカネル連合王国からもクラウディアは支持された。

「リンジー公爵令嬢ほど全てを手にしている者はいないでしょう。そうだ、美貌も忘れてはいけません。人となりについてはウェンディ様のほうがよくご存じですね」

ヒューベルトはクラウディアと会ったことすらない。

「自分たちより遥か高みにいる人間。そんな人物を前にすると、大概の人は同じ行動に出ます。何をすると思いますか？」

問いかけにウェンディは答えない。

わからないからか、思い当たるところがあってばつが悪いのかは衝立越しに判断できなかった。

「自分と同じ程度にまで堕とそうとするんです。欠点探しですね。僅かな欠点をも誇張して、相手も自分と変わらないと、もしくは自分より下だと思うことで、高みに至れない自分を慰めるんです。それを心に留めるか、周りに言い触らすかは人それぞれですが」

身分に関係なく、心に生じる事象。

「ウェンディ様、あなたが自分の正義を信じているのは罪を認めたくないからです。けど普通に考えてください、正義のためでも人殺しは犯罪です」

「だって、正義に犠牲はつきものだって……」

「それで罪から免れられるとでも？　まぁ、そう思い込ませたんですが。ウェンディ様、自分は詐欺師です。あなたは詐欺師に騙されて罪を犯した深窓の令嬢に過ぎません」

「わ、わたくしは……」

ウェンディは何か言おうとするけれど言葉にならない。

ガタッと椅子を引く音がする。

「これ以上、自分から話すことはありません」

課せられた対価は支払ったとヒューベルトは辞する。

「ま、待って……！　過ごした時間も、一緒に過ごした時間も、全て偽りだったのですか？」

しわがれた悲痛な声だった。

ウェンディにとっては、それが最後の希望だったのだろう。

しかし真実は無情だった。

「はい。自分はウェンディ様に対して、何の感情も抱いていません。全部あなたを騙すためだけの行為でした」

ウェンディの反応を待たずドアが閉まる。

言葉以上に行動がウェンディへの無関心さを表していた。

クラウディアたちも長居は無用と会議室を出る。

わかっていた展開とはいえ様々な思いが胸に去来した。

「ウェンディ様は……いえ、言っても詮無きことですわね」

「あとは彼女の問題だからな」

気持ちを推し量ったところで答えはない。

これからウェンディが何を思い、考えるのかは、彼女にしかわからないことだ。

頭で理解していても切なさは消えず、シルヴェスターに体を寄せた。

肩を抱かれる力強さに目が潤む。

きっとこれこそがウェンディの得たかったものだと思ったから。

愛する人と共に道を歩きたかった。

その気持ちはクラウディアにもある。悪を許せないのも。

(それに……)

逆行前の自分とウェンディが重なる。

犯した罪の重さは違えども、辿った道は同じだ。

騙され、自分の愚かさを鑑みることなく悪事に手を染めた。

いつだって止められた。いつでも罪を償えたのに留まることすらせず。

堕ちていった。

前世のクラウディアの根底にあったのも妬みだ。父親に愛される異母妹が許せなかった。

ウェンディと大差なく、無知で愚かな少女だった。

(だからこんなにもやるせないのかしら)

考えを理解できない誰かとウェンディは違う。

自分の正しさを疑わず、イジメが成功したときの痛快さも記憶の片隅に残っている。

異母妹を傷付けることで喜びを感じていた自分は確かにいた。

ぎゅっと服の上から胸を掴む。

古傷が膿んでいるように感じられた。

これを、いやこれ以上の痛みを、ウェンディも背負うのだ。

施設を出ると冷たい風が肌を撫でていく。

足元では落ち葉が舞い、季節が色褪せていた。

冬が近付いている。

ウェンディが罪を犯したことでロイド侯爵家は爵位を剥奪され、一家はウェンディも含めて流刑に処されるのが決まっていた。
流刑地は王家直轄領である北部の村。
開拓がままならず、国で最も人口密度の少ない場所だと言われている。
ロイド家は厳しい冬との戦いを強いられることになるだろう。
騙されていたことで死罪は免れたものの貴族殺害を命じた罪は重かった。
彼らの安らぎは願えない。
それができるのは被害者だけだ。
せめて許される範囲で、とクラウディアは思いを刻む。
(ウェンディ様が罪と向き合えますように)
心折れず、償える日々がきますように。
断罪されたそのあとは、愚かさを正せるように歩んでほしい。
願うことで気持ちに区切りを付けた。
(――一つ、家が消えた)
残された事実が鎌首をもたげる。
結果をもたらしたのは裏に潜む主導者だ。
ハーランド王国を追われたところで意に介さないと、言われているようだった。
国の外からでも力を振るうことはできるのだと。
悪意の見えない笑みを浮かべる老紳士が脳裏を過る。

クラウディアを陥れることは叶わなかったけれど、ハーランド王国は必要のない傷を負わされた。

「ディア、大丈夫か?」

押し黙ったように感じられたのか、馬車に乗るなり顔を覗き込まれる。

行きとは違い、シルヴェスターは隣に腰を下ろしていた。

頭を撫でられて、ふっと力が抜ける。

自然と頬が緩んだ。

「はい、少し考え込んでしまったようですわ」

クラウディアの笑みに安心したのか、シルヴェスターも目元を和ませる。

その優しい表情にちょっと甘えたくなった。

自らシルヴェスターの胸へ顔を寄せる。

すぐに背中へ腕が回され、肌に残っていた冷たい風の余韻が消えた。

「ディアからとは珍しいな。やはり立ち会いは負担だったのではないか?」

「わたくしが来たくて来たのです。でも……頭ではわかっていても、感情は制御しきれませんわね」

同感だ、と額にキスを落とされる。

「シルも思うところがありまして?」

「ウェンディ嬢が罪を犯した事実は変わらない。けれど、あの悲痛な声はしばらく頭に残るだろう」

愛していた人の裏切り。その愛すらも偽りだったのだ。

犯罪者になったウェンディには被害者の側面もあった。

「騙されるほうも悪い、という意見も跡を絶たないが」

貴族にはあらゆる人間が甘い蜜を吸おうと寄ってくる。

近付いてくる相手を見極めるのは、貴族に求められる能力の一つだ。

誰しもが幼少期から気を付けるよう注意を受けて育つ。

騙されたことのない人からすれば、ウェンディはただ愚かな令嬢だった。

「ウェンディ嬢の事例は教訓になるだろう。ヒューベルトがどのようにして彼女を信じ込ませたのか、手の内を一つ一つ挙げて具体例を作れば注意を促せるはずだ」

今回は目的が特殊なケースだが、それまでの過程は他の詐欺にも通ずるところがある。

ハニートラップなど貴族間ですら用いられる手だ。

「どういった者が騙されやすいのか、ターゲットになりやすい人物像も周知すれば、周りが異変を察知できるかもしれぬ」

以前、バーリ王国の間諜が何食わぬ顔で港町に潜んでいたことがあった。

間諜は離れて暮らす孫を装い、騙された祖母は同居を許した。

この件の事後処理でもシルヴェスターは注意喚起を怠らなかった。

それ以来、離れた家族との交流が見直され、王都から出る郵便物が増えたという。

たとえ間違いが起きても、次に活かす。

ただ傷を負わされるだけで終わらないハーランド王国の真髄が目の前にあった。

クラウディアがシルヴェスターの首筋に額を擦り付ける。

胸が震えていた。

昴ぶりにじっとしていられず、クラウディアもシルヴェスターの背中に手を回す。

辛い事件だった。何を隠そう、ウェンディは自分を陥れるための駒にされたのだから。

けれどシルヴェスターの姿勢に、大丈夫だと心から思えた。

彼がいる限り、自分は前へ進んでいける。

ナイジェル枢機卿が何だというのか。

ニナの問いに自信を持って答えられたのは、シルヴェスターがいてくれたからだ。

思わず吐息に熱がこもり、シルヴェスターが身を固くする。

「ごめんなさい、シルを愛していると伝えたくて」

「謝ることではない、うん、謝らなくていい。私も愛している、ディア。ただ急に私の理性を試すのは控えたほうが、君の身のためだ」

いつになくぶつ切りにされた言葉に笑いが漏れる。

これほど余裕のないシルヴェスターを見るのは久しぶりだった。

「笑いごとではないぞ?」

「わたくしだって甘えたいときはありますわ」

「甘えてくれるのは嬉しいのだが……」

宙に浮いたシルヴェスターの手がわきわきと空気を掴む。

頑張って衝動に耐えているらしい。

可愛らしい婚約者の頬へキスを贈る。
追撃に呆けたシルヴェスターの表情は、しばらく忘れられそうにない。

完

王弟殿下は冬の妖精と出会う

「仮装舞踏会で女神を模したお姿も素敵でしたけど、やはりぼくはサスリール辺境伯領での威厳に溢れたお姿が忘れられません」

うっとりとレステーアが思い出に浸る。

王都へ帰ってきてからというもの、ずっとこの調子だ。

頬を染めて語る側近の姿に、ラウルはダークブラウンの髪をガシガシと掻く。

ニアミリア主催の仮装舞踏会では波乱もあったが、レステーアにとってはサスリール辺境伯領で過ごした時間のほうが心に残っているらしい。

クラウディアからエスコートを任されたというならさもありなん。

「クラウディア様は声を発せられない状況になったので、ぼくが全て代弁したんです。正に以心伝心、心が一つになるときの高揚は言葉にできない快感がありますね！」

もう何回も同じ話を聞かされているので相槌を打つのも煩わしい。

けれど口からは深い溜息と共に後悔が漏れた。

「同行できなかったのが残念だ」

「仕方ないですよ。あのときのラウルは王都から離れられなかったんですから」

パルテ王国が新しく婚約者候補を擁立した件で、バーリ王国も情報収集に追われた。戦争も視野に入れているとなれば静観などしていられない。

報告を受ける側のラウルは身軽に所在を変えられず大使館に留まるほかなかったのだ。

「それに下手に動けば要らぬ誤解を招きます」

ハーランド王国にとっては、ラウルも仮想敵国の人間だ。

どれだけ友好関係を気付いても、ちょっとしたことですぐ疑いが芽吹く。

他国にいる以上、行動が制限されるのは当然だった。

「自由が利かないラウルの代わりに、ぼくがいるのをお忘れなく」

「オマエが信に足る人物なら良かったんだがな」

レステーアに首輪が付いていることは察している。

終ぞ、ラウルには付けられなかった首輪だ。

(あれだけのことをしてシルヴェスターが野放しにするはずがない)

ハーランド王国の間者とわかりつつ傍に置いているのは自責の念を促すためだ。

二度と同じ過ちを繰り返さないように。

加えてレステーアの有能さは変わらなかった。

ハーランド王国に伝わっても困らない範囲のことなら任せられるのが大きい。

サスリール辺境伯領の件もそうだった。

(逆にハーランド王国にとって都合が悪い点を隠されることはあるだろうが)

わかっていれば対応できる。

(シルヴェスターに試されていると思うと腹立たしいがな)

ラウルがわかった上でレステーアを使っていることは、シルヴェスターも承知している。

わざわざ口に出さなくてもこの程度の腹の探り合いは日常茶飯事だ。

——首輪の付いたレステーアを上手く使いこなせるか。

これは一種の挑戦状だった。

下手を打った覚えのあるラウルとしては、これを活かし有能さを見せ付けるしかない。

「ぼくはラウルの味方ですよ？　クラウディア様がバーリ王国へ来られる道があるなら全力でサポートします」

「それで失敗したヤツがよく言う」

「ええ、だからクラウディア様の意思が何より重要です。クラウディア様が望まれるなら、シルヴェスター殿下にも抗いましょう」

「オレのではなく、クラウディアの味方のように聞こえるんだが？」

「おや本音が漏れましたか」

「隠せ、せめて隠せ」

レステーアはクラウディアに心酔している。

だとしても表面的に主従関係を保っている以上、礼儀として取り繕ってほしかった。

「失礼しました。でもラウルの味方なのも事実ですよ」

向けられる綺麗な笑みに嘘はない。

「優先順位については聞かないでおく」

「虚しくなるだけですからね」

「オマエってヤツはっ」

どうしてこうも口が減らないのか。

カッとなった頭を冷やすべく立ち上がる。

何となく自分でも余裕がなくなっているのが感じられた。

(いつもなら聞き流せるはずなんだがな)

首輪を付けられてもレステーアの軽口は変わらない。

生き方に余裕がないのは彼女のほうだろうに。

以前と同じ調子でいられるのは胆力があるからか。

(それに比べて、この程度で頭に血が上るとは)

自分の未熟さを突き付けられた気がした。

ラウルの様子に気付いたレステーアが小さく首を傾げる。

「お疲れですか?」

「かもしれない。コーヒーを飲んだら、気分転換に図書館へ行ってくる」

「最近は冷えますから外套をお忘れなく」

気を利かせてレステーアは辞する。

側近を務める長年の友人は、ラウルが一人になりたいのをよくわかっていた。


ハーランド王国の王城にある王立図書館。

国内外の書物が所蔵され、その規模は国一番を誇る。

本の持ち出しは一部の者にしか許されていないが貴族なら誰でも利用でき、他国の王族であるラウルも例外ではなかった。

徒歩で向かう道すがら、冷たい風が首筋を撫でていく。

首元を開ける装いに慣れているせいか、肌寒くても息苦しさには代えられなかった。

到着し、神殿建築の様式が取り入れられた図書館を見上げる。

正面には大きな柱が並び、重厚感のある三角の切妻屋根を支えていた。

白い石造りの建物は左右対称で直線的だが、かえってそれが堂々とした居住まいを窺わせる。

王都の大聖堂と似ているものの煌びやかさは一切ない。

光を感じられるのは入ってすぐのエントランスホールだけだった。

吹き抜けを目で追えば、ドーム型の天井に円形窓が設置されているのがわかる。

窓枠に沿って並べられた青いステンドグラスからは柔らかい光が降り注いでいた。

それでも薄暗さが拭えないのは、広さのわりに窓が少ないからだろう。

場所によっては日中からランタンが灯されている。

エントランスホールを抜けた先のカウンターで利用者は受付を済ます。

司書も常駐しており、書物の森で迷子になる利用者の道案内もしてくれた。

基本的に館内で騒がしくするのは厳禁だ。私語は小声が推奨される。

図書館の利用者は調べものに集中したい人がほとんどで、喧騒で余計な諍いを起こさないための決まりだった。

厳かな静寂が重い空気となって漂うが、ラウルはこの空間が嫌いではなかった。

むしろ落ち着く。

南部、バーリ王国の人柄を現すのに「陽気」という単語がよく用いられる。

堅苦しさを嫌い、服装もゆったりとしたものが多いからだろう。

だからといって常時、明るさを求める人間はいない。

今のラウルのように。

一人で考えごとをしたいとき、バーリ王国でもラウルはよく書庫を利用した。

規則正しく並ぶ本棚に整列する書物。

分厚い辞典の背表紙を指でなぞると人の叡智に触れられた気がした。

手に取ればずしりとした重みが腕にのしかかる。

読書用の机へ運ぶでもなく、ラウルは近くにあった脚立に軽く腰かけた。

その場で本を開き、軽く目を通していく。

読みたい本があったわけではないので、腕が疲れたら読書を切り上げようと考えた。

（つい読みふけってしまうことも多いが）

バーリ王国とハーランド王国で視点が変わる内容については時間を忘れてしまいがちだ。

同じテーマでも、捉え方で違いが出るのが面白かった。

（これが文化かと改めて考えさせられる）

隣国といえば近しいように感じられるが、陸地は巨大な山脈で隔たれていた。

国交が盛んになったのは安全な航路ができたおかげだ。

長い歴史の中では王族同士の婚姻もあり、仮想敵国であると同時に友好国でもある。

それでも互いの風土は変わらない。

きっとこれからも。

(留学していると忘れてしまいそうになるな)

近いようで、遠い存在であることを。

何かを掴もうと伸ばした手が空を切ったように感じられて分厚い本を閉じる。

(悪いイメージが拭えない……)

気分転換はあまり成功していなかった。

(一人で静かに過ごせば楽になるかと思ったんだが)

はぁーと息を吐いて本棚に頭を預ける。

人気のコーナーではないのか、他に人がいないのが救いだった。

立場上、落ち込んでいる姿など見せられない。

噂にでもなればシルヴェスターは確実に切り込んでくるだろう。

にもかかわらず図書館へ赴いたのは、大使館では得られない環境があったからだ。

膨大な書物が視界いっぱいに広がる光景は圧巻だった。

暗褐色の本棚によって白い石壁が隠されてしまうほどで、吹き抜けになった二階廊下の壁一面にも本が並んでいる。

（もう少しだけ）

こうしていよう。人の気配を感じたら頭を上げて何食わぬ顔をすればいい。

王族として生まれた以上、体面を取り繕うのは慣れていた。

自然体でいることが多いラウルであっても、弱みを見せる相手には細心の注意を払う。

館内の薄暗さが時間を忘れさせてくれた。

思考も途切れ、意識が戻ったときには目を開けたまま寝ていたんじゃないかと思う。

よく本を落とさなかったと自分を褒めてやりたいが、腕は痺れを訴えていた。

辞書を本棚へ戻し、軽く伸びをする。

思いの外、時間は経っていないらしく遠くに見えた窓の外はまだ明るかった。

別のコーナーへ移動しようかと足先を向けたところで、ひらりと揺れる白い布が見えた。

スカートの裾だろう。

普段なら気にならないのに何故か興味を引かれた。

あとを追って、理由が判明する。

下から見上げた先で、緩やかなクセのある黒髪が波打っていた。

思い人の後ろ姿を見間違うはずがない。

ほどなくして気配を感じたのか、振り返った青い瞳と目が合う。

気の強さを窺わせるつり目がラウルをとらえるなり、ふっと綻んだ。

それは友人へ向けられたものだったけれどラウルは一瞬で心を奪われる。

防寒のためだろう、クラウディアはワンピースの上からケープを羽織っていた。

どちらも白く、柔らかな生地のケープに至っては降り積もった新雪を連想させる。

留め具に綿毛のボンボンが付いているのも可愛らしい。

厚手のワンピースの裾には金色で刺繍が施されている。

惹かれたのは、それが光を反射したからだろうか。

静謐を宿した黒髪に、透き通るような白い肌。

身に付けられた雪の色も含めた全てが、持ち主を幻想的に映す。

薄暗い館内で、目映い光を纏っているようだった。

「ラウル様、ごきげんよう」

凛とした声と共に綺麗なカーテシーを見せられて我に返る。

「ごきげんよう。声を聞けて良かった。あまりの美しさに冬の妖精が舞い込んだのかと錯覚していたところだ」

「まぁ、では誤解は解けましたわね」

頷いて、心からの笑顔を向ける。

シルヴェスターやレステーアのように気障ったらしい笑みは作れない。

けれど嘘偽りない自分を表現するのは得意だ。

「ああ、オレの前には美しいクラウディアがいるだけだった」

「っ……お上手ですこと」

いつにない反応に、おや、と思う。

学園で一緒に過ごす時間も増えて、軽口を言い合える仲にはなっていた。

そんな中、アプローチも受け流されるのが常で、クラウディアが態度を変えたことは一度もない。

個人的に照れた表情を浮かべてくれたのはいつぶりだろう。

(オレの顔も捨てたもんじゃないな)

昔なら考えもしなかったことに苦笑する。

身分や容姿に寄って来る女性が苦手で仕方なかった。

今も苦手ではあるものの、好きな相手にはこうも変わるものなのか。

クラウディアの視線がラウルの首元で止まる。

「寒くはありませんか？　ハーランド王国は、バーリ王国と比べて冷えるでしょう？」

「寒さと息苦しさを比べたら、息苦しさのほうが慣れなくてな。それに今年も寒さと付き合うのは卒業パーティーまでだ」

幸い、真冬であってもバーリ王国からの航路が凍ることはない。

例年と違うのは、卒業パーティーの主役が自分たちで、春になってもラウルが戻ることはない点だろう。

クラウディアも察したのか表情がかげる。

(離れがたいと感じてくれるのか)

喜びと同時に切なさが胸を襲う。

クラウディアの抱く感情が、自分とは違うことを知っているから。

それでも諦めないと決めた。

自分の考え方を変えたくれたのは、ほかでもない彼女だ。

(余裕がなくなっている原因は焦りからか)

確実にときが迫っていた。

だからレステーアの軽口を流せなかったのかと並ぶ本を仰ぎ見る。

「バーリ王国は温暖な気候だ。これからの時期は過ごしやすい」

「はい、存じ上げておりますわ」

「船を使えば往来も簡単なことはオレが証明になるだろう。だから気兼ねせず、来てくれたら嬉しい」

ズルい誘い方だと自覚していたので答えは求めなかった。

(情けないな)

こんなことしかできないなんて。

身分しか保証できない自分が嫌になる。

片やクラウディアは、アラカネル連合王国に認められ、新たな婚約者候補にも屈しない強さを見せたというのに。

今日もきっと学ぶために図書館を訪れたんだろう。

ロイド侯爵令嬢の件で貴族派はリーダー格を失い、瓦解しかけている。

シャーロット嬢のロジャー伯爵家がまとめられたらいいが求心力はそこまでなさそうだった。

自ずと中立であるリンジー公爵家にも庇護を求める声が集まるはずだ。

パワーバランスを保とうとすれば繊細な立ち回りが要求される。

これは当主に限った話ではない。

「引き留めて悪いな、本を求めて来たんだろうに」

「いえ、お恥ずかしながら、読書は二の次でしたの」

「他に用件が？」

もしかしてシルヴェスターに呼ばれたのかと、眉間にシワが寄りそうになる。

しかし答えは見当外れもいいところだった。

「気分転換がしたくて。騒がしい場所より、図書館のほうが落ち着ける気がしたのです」

「驚いた」

あまりの一致に、気持ちがそのまま口から出た。

ラウルの反応をどう受け取ったのか、クラウディアは苦笑する。

「ご期待に添えず申し訳ありません」

「違う！　むしろ期待以上というか、いや、謝らなくていい。オレと全く同じ理由だったから驚いたんだ」

「ラウル様も気分転換に来られたのですか？」

「レステーアの軽口に付き合っていられなくなってな。同じときに同じことを考えてたのか」

静かな場所は他にもある。

にもかかわらず選択が一緒だったことに胸が熱くなった。

気が合う。

だからクラウディアの傍はこんなにも心地良いのだろう。

（どうせならかっこ良いところを見せたいが）

すぐに願望を叶えられたら誰も困らない。

「一人になりたいなら席を外そう。クラウディアのおかげでオレは目的を達成できそうだ」

「席を外される必要はありませんわ。ただ面白そうな本があれば、読書に集中してしまうかもしれません」

「もちろん構わない。ここは図書館だからな」

折角だからと意見を交わしながら興味が惹かれる本を探す。

貴重な本もあるため館内には騎士もいた。

人目があるおかげで、二人で行動していても咎められない。

（偶然に感謝だな）

このあとは揃って本へ没入した。


大使館へ帰り自室で寛いでいるとレステーアが様子を見にくる。

「気分転換できて何よりです」

「クラウディアに会えたからな」

「はぁ⁉　どうしてぼくを誘ってくれなかったんですか！」

「見送ったのはオマエだろうが。恨むなら自分の選択を恨め」

「あんまりです……ぼくのほうがクラウディア様に貢献してるのに！」

「まだまだってことじゃないか？」

もうレステーアの軽口に目くじらを立てることもない。

我ながら現金だと思いつつ温かいコーヒーを口に含む。

暖炉に火が入っているおかげで寒さは微塵も感じられなかった。

けれど冬の足音は着実に近付いていて――。

(春にはどうなっているだろうか)

図書館で見た妖精が頭に浮かぶ。

季節が変わっても彼女は存在し続ける。

不思議と、今はそれが救いのように感じられた。

完

あとがき

おはようございます、こんにちは、こんばんは、楢山幕府です。

私は最近お昼ごはんを食べながら、または夜に集中して読書することが多いですが、みなさんはどうでしょうか。

電子書籍のおかげで隙間時間にも読書がしやすくなりましたよね。

分厚い本を持ち運ぶ必要がなくなって助かっています。

昔はスマホを使っているとすぐ目が疲れたものですが、最近はだいぶマシになり技術進歩を感じます。ありがたい。

そのわりに私は退化したのか、マンガの縦読みより横読みのほうが楽に感じる今日この頃。

一時期ｗｅｂｔｏｏｎばかり読んでいたのですが、横読み作品を見つけるとほっとするようになりました。

小説は当初、なろうを愛用していたのもあってか、電子書籍の縦書きに慣れませんでした。今は全く気になりません。横読み、縦読みどんと来い。

前書きが長くなりましたが、四巻です！

カバーのほうでも書かせていただきましたが女の子回です。やったぁ！

えびすしさんは男性キャラだけでなく女性キャラの作画も素晴らしいので、表紙で眺められて幸せです。

花が咲き誇っておる……！

口絵は口絵で、きっとシルヴェスターには見せないだろう妖艶さがね！　胸を熱くするよね！

たまにモブになって女性キャラに踏んでくれと言うのを妄想します。男性キャラの存在はいったん忘れて。怖いから。

クラウディアは意に沿ってくれるだろうし、今巻初登場のニナは容赦ないだろうし、ルイーゼは恥じらってくれる気がして楽しいです。

えびすしさんや北国さんのおかげで妄想が捗る！　執筆中は頭に浮かぶ映像を文字に起こしているんですが、より明確化した気がします。

コミックスではキャラの色んな表情をつぶさに見ることができるのでね。同時発売の二巻もヨダレが止まりませんでした。

読者のみなさんにも色んな楽しみ方をしていただけたら幸いです。

ずっと応援してくださっている読者さんや家族、作品を形あるものにしてくださった出版社の方々、いつもありがとうございます。

そして、これからもよろしくお願いいたします。

みなさんにも、またお会いできることを祈って。

楢山幕府　拝

コミカライズ第2話試し読み

漫画：北国良人
原作：檜山幕府
キャラクター原案：えびすし

あのわがまま娘が改心したなんて
僕には信じられませんけど

リンジー公爵がシルの婚約者狙って噂流してるんでしょう?
愛人に耽って家をないがしろにしてるって話ですし
政略結婚ではよくある話だ
そんなものですかねぇー
ヴァージルみたく外にも出してもらえないくせ
父親は愛人の家
そして政略結婚かぁ
彼女は好きじゃないですけど同情しますよ

気になるなら
お前も次の
お茶会に来い
えっ
いいんですか⁉
護衛騎士としてなら
問題ないだろう
さて噂が
本当かどうか
試してみようか
あのわがままな
ご令嬢が
どう変わったのか

第2話

本当に見違えましたわ
奥様が亡くなられてから
別人のよう
ザッ
ザッ
ザッ
家庭教師にも太鼓判押されてますのよ
大人っぽくなられて……
日に日に美しくなられますわ

わたくしだって
伊達に娼婦として生きてきたわけじゃない
わがままで世間知らずの娘だったわたくし
だから異母妹に嵌められ破滅した
わたくしが娼婦へ堕ちる一方
妹は王太子妃へ上り詰めたのだった

礼儀作法
話術
社会情勢
あらゆるものを
会得してきた
せっかく逆行して
人生やり直せるん
だから
悪女を超える
完璧な悪女に
なって
断罪を回避
するのよ
コン
コン
お兄様
そろそろ
休憩にいたしま
せんか？

ああ
ディーか
せっかく
ディーが来て
くれたなら
断るわけには
いかないいな
今日は
わたくしが
いれますわ
お兄様に飲んで
いただきたくて
練習しましたの
俺のために？
ええ
もちろん
お兄様の
笑顔なんて
逆行前は
見られなかった
わね

ディーも
忙しいのに
感心だな
ふふふっ
大変でしたのよ
最初にいれた
お茶なんて
飲めたものじゃ
ありません
でしたもの
謙遜しなくて
いいだろう？
ディーが
がんばってるのは
みんな知っている
ふっ……
そうね
この屋敷には
わたくしを悪く言う
人はもういない
すべては
計算どおり!!
着実に悪女へ
突き進むため
でしてよ――ッ!!
あら
嬉しいですわ♥
おほ
ほほ
ほほ
ほほ

さあ
召し上がって
……
ゴク…
!!
でれ〜
おいしい！
ディーはすごいな
何杯でも
飲みたい
お兄様
ちょろいですわ

お兄様の
ためなら
何杯でも！
上手くなったのも
侍女たちの
おかげですわ

侍女たち……？
てっきり
距離を置いていると
思っていたが

マーサはいい顔しませんけど
一緒にいてくれるのは彼女たちですから
ヘレンの情報を集めるなら
下級貴族から奉公に来ている令嬢たちは必要ですもの
情報網は抜かりなくですわ!!
あっそうですわ!
刺繍も みんなから習おうと思いますの
ハンカチに刺繍したら
お兄様はもらってくださいますか?
もちろん喜んで!
でれ~
やっぱりちょろ過ぎますわね

バタバタ
手元に置いて
学園でも
わたくしを
思い出して
くださいね♪
きゃっ
きゃ
失礼します
ガタッ
どうした
だ……
旦那様が
お帰りになります
父上が……？

どれくらいで
到着する
もうじきかと

久しぶりに
帰ってきたわね

でもまだ
喪が明けるまで
1年近くある
フェルミナを
連れてくるには
早い……

いったいなんの
用かしら
お兄様

わたくしも
お出迎え
いたしますわ

お帰りなさいませご主人様

クラウディアはいるか
お帰りなさいませ
お……お嬢様ですか？
お父様っ

お帰りなさいませ
……お帰りなさいませ

お茶でしたらすぐご用意できますわ

あ……ああ
ふふ驚いているわね

お父様わたくしきちんとお出迎えできてました？
うむ……見違えた

父上
ディーは本当によくがんばっています
父上にも家庭教師からの評価は届いているでしょう？

ああ 報告は受けている
だから確かめに来たのだ
今更わたくしを確認しに……？
クラウディア王太子殿下と……
シルヴェスター王子とのお茶会に参加しなさい
――え

えええ
え〜〜〜っ!?
本当ですか
父上っ
うむ……
1対1だが
今のお前なら
話が合わない
こともないだろう

こっ光栄
ですけれど……
まっまっ
前はこんなこと
なかったわよ!!
しかも
いきなり
1対1!?

今のディーなら
大丈夫だ!
緊張するだろうが
殿下も承知の上
だろう
はい……
そう
言われ
ましても!!

殿下はあの年で
聡明な方だ
粗相しなければ
問題ない

以前のクラウディアはじっとしていられなかっただろう？
ギッ
わたくしでよければ出席させてください
はい……
これも侍女たちの指導の賜物です
わたくしが行動を変えたから未来が変わり始めた
こんなに早く対面するなんて――

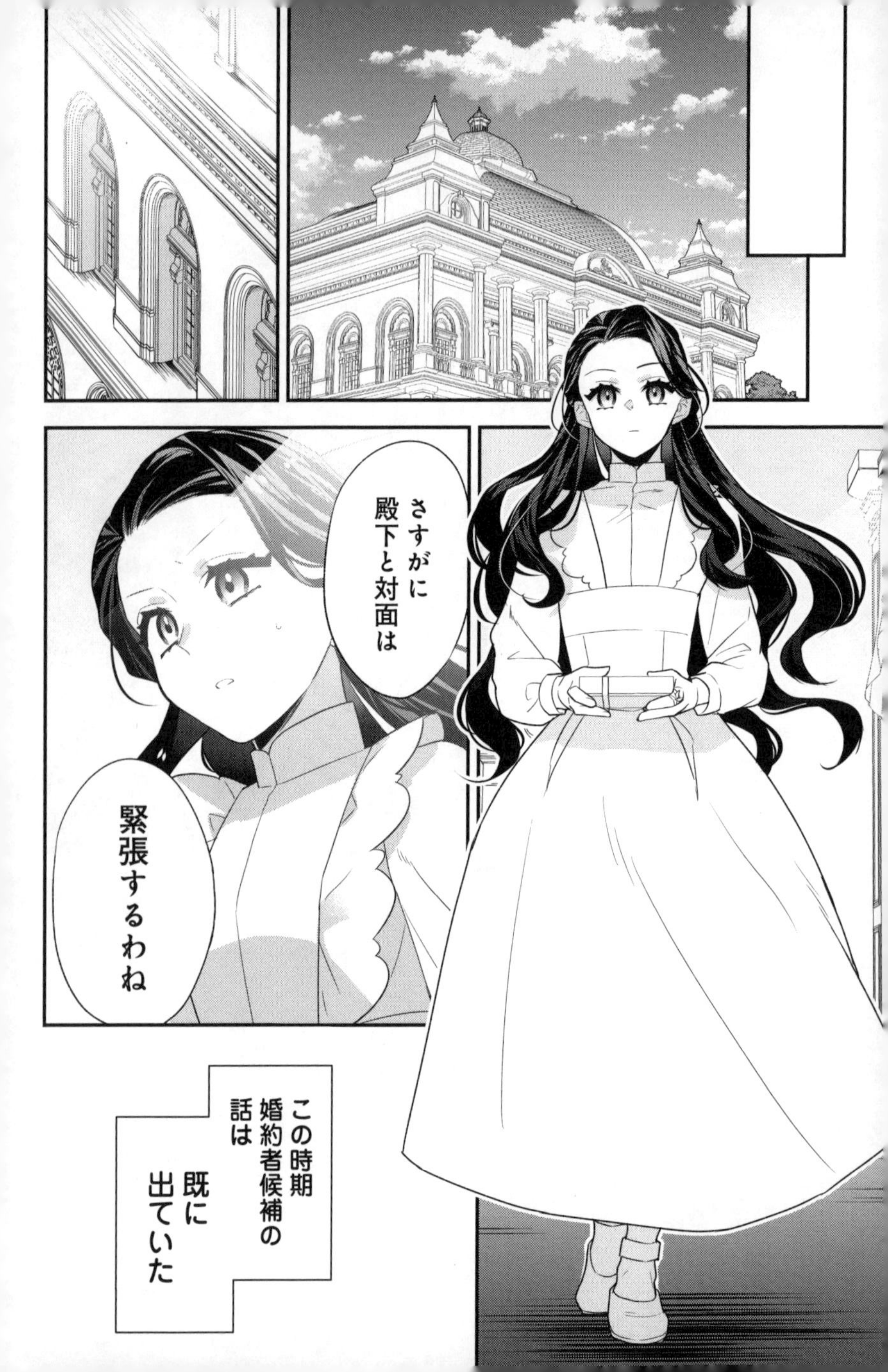
さすがに殿下と対面は
緊張するわね
この時期婚約者候補の話は既に出ていた

わたくし以外に婚約者候補は3人
他の候補者も同じ席を設けられるでしょうけれど
わたくしがひとり目なのは聞いている
爵位を考えれば当然
しかし以前は声が掛からなかったのは
もうこの時期には立場が危うかったってこと……？
早く動いてよかったわ!!
わたくしは婚約者にならなくていい
でもフェルミナに奪われるのは避けなければならない
きっと権力を持たれたら
わたくしはまた断罪される——

リンジー家は
王族派で
ありながら
商人上がりの
新興貴族にも
理解のある
中立の立場
無難な
公爵令嬢である
わたくしは
王族から見ても
悪くないはず

フェルミナは
単なる
政略結婚の
可能性も……？
これ
ばっかりは
会ってみなきゃ
わからないわね
今の
わたくしに
抜かりはない

さて
ご対面と
いきましょうか
失礼します
本日は
お招きいただき
ありがとうございます
シルヴェスター殿下
クラウディア嬢

来ていただき
感謝する

眩しい〜〜〜〜!!
可憐〜〜〜〜っ!!
どうぞ
掛けてくれ
パッ
くらっ
ありがとう
ございます
ま

今日はよろしくお願いいたしますわ
こちらこそ
あの子は騎士団長子息のトリスタンね
お兄様もだけれど幼くってかわいらしいわ

そうですわ殿下
お近付きの印に受け取っていただきたいものがございまして
渡したいもの？

気に入って
いただけたら
嬉しいのですが
……
開けても？
ええ
もちろん
ですわ
大したものでは
ございません
けれど
わたくしの
包帯に気付き
ましたわね

ほう……
わぁ！見事な刺繍ですね！
なかなかの腕前だな
よーーーし！
わたくしなどまだまだですわ
刺繍は娼婦時代に嗜んでいましてよ
指の包帯で『殿下のためにがんばった健気な令嬢』アピールも忘れてませんわ！

今日のお茶会はいただいたわ！
なるほど噂どおりだな
噂ですか？
君の父上にもハンカチを贈っただろう
あれは粗も多くてお恥ずかしい

その指の包帯も刺繍によるものかな？
あらお見苦しくてすみません
まだ慣れなくて

そうか
努力の証だろう
なぁトリスタン
……？
ん？

ええ！
素晴らしいです
あれ……
今何か

せっかくの
機会だ
私のことは
シルと
まぁ！
光栄ですわ
順調なのに
手応えが
ない……？
わたくしのことも
クラウディアと
何かが
おかしい

……シルヴェスター様の感情が……まったく読めない……？
どうした？
もっと気楽に接してくれていいのに
クラウディア？

わたくしを
ズ
ズ
試している――!?
子供と言えどさすが王族というわけね
ぎゅ…

ならば答えは――
ふふふ

殿下を前に
畏れ多いですわ
相手に乗せられてはいけない
クラウディアは奥ゆかしいな
ふふ…
いえ不慣れでして
緊張してますの
ははは 君ならすぐ慣れるさ
そうだろう？
これは穏やかなお茶会ではない
そんな
粗相してしまわないか心配ですわ

そんな君も
見てみたい
あら
ご冗談を
嫌味の
応酬がない
化かし合いだ

では
失礼しますわ
バタンッ

クラウディア様
お気を付けて～

あんなに
手ごわいなんて
聞いてない
わよーーー!!
はぁ……
ぼろを出せば
攻められそうで
ううぅ。。
生きた心地が
しなかったわ

フェルミナの
ことばかり
考えていた
けれど
どうも
それどころ
ではないわね

王族ってみんな
ああなのかしら
ああ
何それ
怖い

いやぁ
クラウディア嬢は
噂以上でしたね！
知的で
美しくて
奥ゆかしい
淑女の鑑……
ってあれ？
どうしたんです
あんなに
盛り上がって
たのに
……

いや
楽しかったよ
どの令嬢より
おもしろい
そして
何を考えて
いるのか

わたくし
やっぱり
嫌われているの
かしら
私ばかり
焦がれている
ようで
気に入らない

気まぐれな
神様は
楽しんで
くれてるかしら

ああ
そうだわ
お父様に
ヘレンのことを
相談して
みましょう
彼女も
救わなければ
いけないのだから

はぁ……
とんだ年増が
続きは
CORONA EX
コロナEX
TObooks
にてお楽しみ下さい!

原作小説⑤巻2023年発売!
シルヴェスターが痺れを切らし――ついに婚約へ!?
私情でしたの?
もうこれ以上、邪魔はさせぬ
NOVEL
著 榛山幕府
イラスト えびすし
行して完璧な悪女を目指す

コミックス①〜②巻発売中！
「女は秘密があってこそですわ」
逆行前の記憶を頼りに
異母妹の罠をかいくぐる！
COMIC
漫画　北国良人
原作　楢山幕府
キャラクター原案　えびすし
断罪された悪役令嬢は、逆

ティアムーン
帝国物語
小説
第12巻
2023年
1月10日
発売!
ニメ化決定!

COMICS
ティアムーン帝国物語
ティアムーン帝国物語
ティアムーン帝国物語
ティアムーン帝国物語
コミックス
第6巻
2023年春
発売予定!
漫画：杜乃ミズ
2023年TVア
ティアムーン
断頭台から始まる、
姫の転生逆転ストーリー
詳しくは公

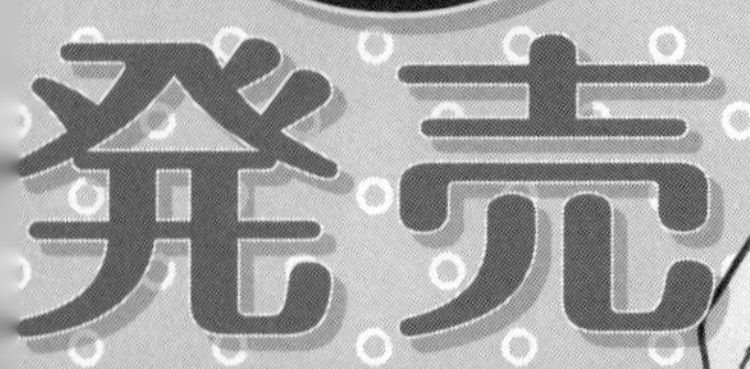

発売!

決定!

お楽しみに!

おかしな転生の
コミカライズ最新話が
どこよりも
早く読める!

想像がどんどん拡がっていく
やっぱり僕はこの為に生まれてきたんだ!!
世界で一つのお菓子の国を作るために!!
富国強兵!!
お菓子で満ち溢れた国!!

にて
WEB
連載中!

https://to-corona-ex.com/

予約受け付け中!
詳しくは公式HPへ!

シリーズ累計
(電子書籍含む)
95万部
突破!

AUDIO BOOK
おかしな転生
オーディオブック
第1巻
朗読：長谷川玲奈

絶賛発売中!

「本好きの下剋上」世界！

Welcome to the world of “Honzuki”

アニメ	コミカライズ	原作小説
第1期 1～14話 好評配信中! BD&DVD 好評発売中! 	第一部 本がないなら作ればいい! 漫画:鈴華 ①～⑦巻 好評発売中! 	第一部 兵士の娘 I～III
第2期 15～26話 好評配信中! BD&DVD 好評発売中!	第二部 本のためなら巫女になる! 漫画:鈴華 ①～⑧巻 好評発売中! コミカライズ 原作「第二部III」を連載中!	第二部 神殿の巫女見習い I～IV
©香月美夜・TOブックス／本好きの下剋上製作委員会		
第3期 27～36話 BD&DVD 好評発売中!! 続きは原作「第三部」へ 詳しくはアニメ公式HPへ＞booklove-anime.jp 	第三部 領地に本を広げよう! 漫画:波野涼 ①～⑤巻 好評発売中! 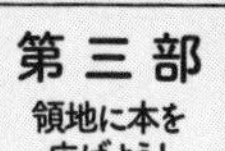  コミカライズ 原作「第三部II」を連載中!	第三部 領主の養女 I～V
©香月美夜・TOブックス／本好きの下剋上製作委員会2020	第四部 貴族院の図書館を救いたい! 漫画:勝木光 ①～⑤巻 好評発売中! コミカライズ 原作「第四部II」を連載中!	第四部 貴族院の自称図書委員 I～IX

原作小説

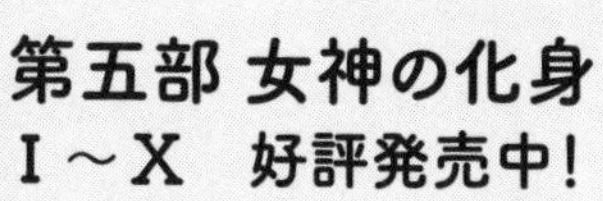

第五部 女神の化身
I～X 好評発売中!

著:香月美夜 イラスト:椎名優

貴族院外伝 一年生

短編集I～II

CORONA EX コロナEX TObooks

本好きの
コミカライズ最新話が
どこよりも早く読める!

https://to-corona-ex.com/

断罪された悪役令嬢は、逆行して完璧な悪女を目指す４

2023年1月1日　第1刷発行

著　者　**楢山幕府**

発行者　**本田武市**

発行所　**TOブックス**
〒150-0002
東京都渋谷区渋谷三丁目1番1号　PMO渋谷Ⅱ　11階
TEL 0120-933-772（営業フリーダイヤル）
FAX 050-3156-0508

印刷・製本　中央精版印刷株式会社

ISBN978-4-86699-729-2

Printed in Japan